W0365643

# Fixés sous verre

Pour ta culture littéraire et musicale, Astrid a fait le nécessaire ! Pour le reste Delphine et moi t'attendons au speed Dating !! Joyeux anniversaire (supposons que nous sommes le 6 mai !). Gros bisous. Fanny.

Et voilà une année de plus passée ensemble. Vivement l'année prochaine qu'on se refasse 1 super barbecue. Bon anniversaire Greg. Bisous.

Astrid

Voilà, encore un anniversaire de plus (que tu as bien fêté je l'avoue !). Bon, on va éviter de mettre 1 an et demi avant de se revoir, hein ?

Bisous, Val.

Caroline Pascal

# Fixés sous verre

*roman*

PLON

© Plon, 2003
ISBN : 2-259-19909-7

*O Versailles, par cette après-midi fanée,*
*Pourquoi ton souvenir m'obsède-t-il ainsi ?*

Albert SAMAIN, *Le Chariot d'or.*

# Chapitre premier

La veille déjà, il avait lu dans son regard devenu bleu un adieu faussement résigné. Elle n'était plus que lassitude décharnée, mais au moment de fermer la porte de la chambre, il avait démasqué derrière le pâle sourire un rictus de regret et d'envie. Alors, quand à l'aube le téléphone avait percé le silence, entendre la voix d'Odile lui annoncer la fin ne l'avait pas surpris. « Ça y est... », un mot, une pression sur l'épaule lui avaient suffi pour éclairer Isaure qui était partie sans un mot faire un café. Il avait traversé Versailles endormi pour trouver sa mère éteinte, perdue dans une masse d'oreillers replets, toute petite dans ce lit trop grand. Il brillait bien quelques larmes dans le regard d'Odile qui s'affairait autour du lit, fouillant dans la commode pour trouver jupe et gilet gris, attrapant dans la table de nuit le chapelet qu'elle glisserait entre les doigts de la défunte, de leur défunte. Elle s'apprêtait également à serrer les cheveux dans un strict chignon. Elle ne laisserait pas ceux dont c'était pourtant le métier rendre à sa mère la sévère distinction que la mort elle-même ne devait pas lui faire perdre. Lui ne bougeait pas, ne souffrait pas ; il héritait. Cette femme tout à coup si menue s'effaçait pour faire de lui le chef de famille et seule cette responsabilité soudaine lui venait à l'esprit. C'est alors que Michel était arrivé, les traits tirés et la tenue sombre de circonstance. Appuyé sur la tête du lit, le regard perdu, il avait singé la douleur, celle des romantiques, celle de ses lectures. Effondré dans la bergère Louis XVI, la tête entre les mains, il s'était mis à pleurer. La fratrie était là, livide dans la lumière blanche du petit matin, réunie une dernière fois autour d'une mère qui avait tout fait pour maintenir entre eux cette intimité factice. Et comme si le temps ne s'était jamais écoulé, comme si conjoints et enfants avaient toujours compté pour rien devant la toute-puissance maternelle, ils se retrouvaient comme autrefois, trio discordant où chacun rêvait d'être unique. Pourtant, rien ne transparaîtrait sans doute encore de ces rivalités silencieuses, tout au moins jusqu'à l'épreuve du partage, qu'il pressentait aussi inévitable que redoutable. Pour l'instant, c'était à peine si l'on percevait une exaspération résiduelle. Michel était irrité de voir Odile s'agiter, Odile énervée d'entendre Michel renifler et lui, Bernard, cachait, sous un air bonasse, l'envie pressante de fuir. Alors il avait évoqué les diverses formalités à accomplir avec Odile, qui attendrait ici les Pompes funèbres, puis il était sorti.

Le jour aurait dû être blême, le temps maussade et la chaussée glissante mais, au contraire, il flottait dans l'air un parfum de glycine douceâtre et une petite brise triomphale chassait vers l'est des quadrilles de nuages ronds. L'injustice n'était pas dans la mort mais dans la vie qui continue, imperturbable, innocente. Et le chagrin était tombé sur ses épaules, avec la culpabilité. Dès l'instant où il s'était senti envahir par cette marée noire de souvenirs, d'espoirs abolis et de désirs anéantis, il avait compris qu'en disparaissant, sa mère le condamnait aux manques de l'enfance. Mais dans la famille, on était fier de mère en fils et l'émotion était de mauvais goût. Il avait pris en main le destin des Malcuy et il lui revenait d'organiser les obsèques et de faire graver le marbre.

Il se remémorait ces quelques heures qui l'avaient intronisé, pendant qu'il remontait la nef en tête d'un long cortège qui réunissait la descendance. A défaut d'Esprit-Saint, l'esprit de famille était là. Chacun reconnaissait dans l'autre, qui la fossette, qui le sourcil trop arqué, qui le front trop large, et ce réseau de minuscules ressemblances façonnait l'unité du clan. Mais le véritable trait distinctif, c'était ce nez grec, ce profil sans faille que beaucoup arboraient fièrement, ce sceau familial que tous cherchaient à repérer dans chaque nouveau-né. Il y avait de la dignité dans ces profils de médaille alignés aux premiers rangs, quelque chose de bourbonien et, malgré le deuil qui le frappait, il ne pouvait étouffer un sentiment de satisfaction. Le *kyrie* choisi par son neveu le ramena à l'humilité catholique. Levant les yeux vers le ciel, il croisa le regard inquisiteur de ces saints latins, de cette fresque dorée d'apôtres qui entouraient le chœur et surplombaient un prêtre bâillant, enfoncé dans le velours rouge de son fauteuil à crosse. Assise à ses côtés sans offenser le dossier de sa chaise,

Isaure chantait sans forcer la voix, épouse discrète dans son tailleur incolore, ni vraiment gris ni vraiment noir, simplement distingué.

Peut-être aurait-il souhaité que leurs regards se croisent, que leurs mains se touchent, mais quarante ans de pudeur ne pouvaient plus s'effacer. Et pourtant, à l'époque, c'est plein d'espoir qu'il était venu déposer à ses pieds une tendresse retenue que sa mère jugeait pourtant vulgaire et déplacée. Des fiançailles un peu longues les avaient habitués à ne partager que les cérémonies familiales, à se méfier de l'intimité du tête-à-tête. Alors, prêts au mariage, ils avaient remonté, l'un derrière l'autre, une nef semblable à celle-ci ; il avait senti le bras de sa mère serrer le sien un instant avant de l'abandonner devant l'autel. Ce serait sa seule émotion... Isaure avait dit oui les yeux baissés et ils avaient scellé un amour éternel. Très vite, Pierre-Louis leur avait permis d'éviter un face-à-face gênant, de devenir parents avant de se découvrir amants. Les autres avaient suivi, et chez Isaure l'épouse accomplie avait cédé la place à la mère attentive. Aujourd'hui encore, il savait qu'aucun autre homme n'avait croisé le regard de sa femme, que cet amour promis ne s'était jamais tari, dans le silence.

Lui aussi tenait à elle. Il lui était reconnaissant de ces quarante années sans reproches, de ces quatre enfants sans problèmes. Tout au plus ressentait-il parfois une légère amertume quand, couché à côté d'elle, satisfait du devoir accompli, il la voyait se retourner, régler le réveil et s'endormir. Il imaginait ce qu'aurait pu être sa vie avec Elsa et le souvenir de leurs quelques rares rendez-vous clandestins arrachés à la vigilance familiale réveillait en lui un feu qu'il avait eu bien du mal à éteindre. Il comparait la fantaisie brûlante de l'une et l'impassibilité consentante de l'autre, regrettant souvent que le bon goût fasse si mauvais ménage avec le sexe. La sagesse, pourtant, l'avait enjoint de rompre. Trop de tracas, trop de complications... Il savait bien que ces passions brutales ne valaient pas de démolir la façade respectable d'un couple bourgeois ; il avait lu qu'on ne perdait pas son temps pour une femme qui n'était pas son genre. L'eucharistie n'était pas loin et la clochette de l'offertoire le rappela à ses devoirs. Il s'inclina.

Quand il releva la tête, son regard tomba sur le cercueil. Quelques couronnes désuètes au milieu de fleurs innombrables rappelaient, s'il en était besoin, combien sa mère avait été une femme respectée, ou aimée. Il revoyait se dresser cette silhouette douce et austère, il se remémorait ce sourire, mélange d'extrême bonté et d'égoïsme forcené, il sentait cette main sévère et protectrice saisir la sienne pour traverser la rue. Encore une fois, il éprouvait le sentiment complexe qu'elle lui avait toujours inspiré, où se mêlaient admiration et déception. Jamais il n'aurait pu en tirer un mot, un geste qui ne soient ceux du devoir. Elle avait tout fait pour eux et ils avaient manqué de tout. Il avait espéré jusqu'au bout que, sur le point de s'éteindre, elle saisirait sa main pour y déverser enfin toute une tendresse interdite et se livrer à une confession salutaire. Mais aucun épanchement n'était venu troubler le calme de la mort qui approche, inexorable.

Il allait s'avancer pour recevoir la communion quand, à côté de lui, Michel s'assit. Cette révolte ostentatoire qui l'irritait déjà lorsqu'ils avaient quinze ans lui parut une nouvelle fois déplacée. Son frère prenait pour du courage ce qui avait fini par devenir une insubordination convenue et systématique. A le voir ainsi refuser de se soumettre à l'ordre établi, sa mère l'aurait sans doute excusé comme toujours, trouvant cela très La Fresnaye. Elle rappelait en effet souvent avec quel air insolent son frère à elle avait défié la famille rassemblée, le dimanche où il avait annoncé son engagement, dans le salon de la rue de Luynes. Jeune adolescente admirative, elle avait pris la bravade de ce frère pour de la bravoure. La famille tout entière s'était élevée contre cette témérité de tête brûlée et chacun avait essayé de faire vibrer la corde sensible du soldat déterminé. L'ingrat aurait, selon sa sœur, conservé pendant toute la scène cette morgue étincelante qu'elle retrouvait parfois sur le visage de Michel. Bernard se dirigea vers l'autel en levant les yeux au ciel. Cet esprit de contradiction tant vanté par sa mère, elle ne l'aurait toléré d'aucun autre que de ce fils préféré. Si Odile ou lui s'étaient permis de laisser sourdre une aspiration légitime à la révolte, elle les aurait rapidement mis au pas mais elle s'était approprié Michel et elle trouvait du charme au moindre de ses défauts : c'était son fils. Lui, au contraire, avait hérité du physique de son père ; il avait ses sourcils épais qui se rejoignaient au-dessus du nez, ses yeux qui n'avaient pas su trancher entre le vert et le brun, et surtout ce profil grec qui caractérisait la famille Malcuy. Peut-être eût-il pu espérer la clémence s'il n'avait aussi emprunté à son père ce tempérament débonnaire, un peu veule. Deux camps s'étaient vite dessinés, celui des La Fresnaye contre celui des Malcuy. Non que ces derniers aient attisé une rivalité infligée ; Bernard aurait en effet volontiers ignoré la frontière qui le séparait de sa mère, mais celle-ci l'avait englobé dans son ennui conjugal, persuadée à tort que son rang d'aîné le rangeait irrémédiablement du côté du mari absent, du côté des héritiers. Michel, le cadet, avait conjugué la dispense des obligations familiales et une ressemblance étonnante avec le frère sacrifié sur l'autel de l'autonomie. Il en avait acquis un prestige inqualifiable, comme si un peu d'héroïsme lui était acquis par principe, comme si, surtout, un seul et unique sang coulait dans ses veines, le bon.

Revenu à sa place, à côté de sa femme pieusement recueillie, Bernard vit passer ses deux fils qui marchaient vers l'hostie, l'un derrière l'autre. Leur chemin se sépara ; le premier se dirigea vers le prêtre, le second vers l'un des trois retraités dégarnis qui avaient pris jusque-là leur rôle d'enfant de chœur très au sérieux, apportant burettes et encens, multipliant les génuflexions qui maltraitaient leur arthrose, récitant le *Notre-Père* les mains ouvertes vers le Ciel, et qui maintenant distribuaient fièrement la communion. Moins de différences entre ses deux fils qu'entre Michel et lui. Il pouvait être reconnaissant à sa femme de n'avoir pas fait naître entre eux cette compétition pernicieuse. Le défilé continuait dans la dignité. Après la famille, quelques proches venaient témoigner par leur présence que sa mère avait sans doute vécu avant de devenir ce vestige d'un temps oublié. Jean Derruau, ami intime de Michel, avait perdu ses cheveux mais pas la superbe héritée de son père. Celui-ci, disparu depuis maintenant longtemps, avait fait rêver leur adolescence fauchée de Malcuy. Parrain hilare et généreux, il avait éclairé son enfance du rire inattendu qu'il savait déclencher chez sa mère. Puis, il s'était brutalement effacé à la naissance de Michel. Définitivement escamoté par la guerre, en même temps que la fortune et Clarou, la maison familiale, Fernand Derruau faisait partie de ces clichés jaunis d'une époque révolue où Bernard croyait encore pouvoir hériter de son père, où l'on ne demandait pas à la bourgeoisie autre chose que de transmettre. Aux heures graves où il avait fallu apprendre à choisir, à vivre, ses parents avaient dû se brouiller avec les Derruau pour d'obscures querelles politiques et financières.

Suivait le cortège des connaissances et du quartier. Des visages familiers aux noms méconnus, des personnalités en civil : la pharmacienne sans sa blouse, la voisine sans son basset. D'autres qui profitaient de l'occasion pour rivaliser d'élégance : la boulangère du bas de la rue avait refait son indéfrisable bleutée, celle du haut, « meilleur ouvrier de France », avait ressorti le tailleur de la remise du prix, en photographie au-dessus de la caisse. Puis quelques fournisseurs vraiment touchés : la marchande de boutons chez qui sa mère faisait toujours une pause au retour des courses, sous prétexte de remplacer une agrafe abîmée ou un bouton manquant, le charcutiertraiteur avec qui elle établissait depuis quarante ans le menu du dimanche familial.

Il s'était assis. Le prêtre faisait sa sainte vaisselle et les trois enfants de chœur retraités feignaient de se perdre en prières tout en surveillant du coin de l'œil le moment où il ferait signe au plus attentif d'abréger l'instant de recueillement. On n'entendait qu'une toux étouffée, le bruit des burettes s'entrechoquant, un sac glissant à terre. Ce silence, à peine troublé par une vie toute confuse de déranger, avait la force poignante du dernier adieu. Avec la fin de la messe, approchait l'issue définitive. S'il avait dû le faire, c'est sans doute à ce moment-là qu'il aurait pleuré. Odile essuyait une larme pendant que Michel se mouchait dans un grand mouchoir à son chiffre.

Si la pieuse quiétude était la même, ce chagrin raisonnable n'avait sans doute rien à voir avec la douleur insondable qui devait suinter des piliers de Saint-Thomas-d'Aquin en mai 17, alors que les La Fresnaye enterraient leur fils, engagé volontaire vaincu par l'épouvante. Pour rien. Bernard savait combien sa mère avait été frappée par le visage de l'ordonnance venue annoncer rue de Luynes qu'il n'était plus nécessaire d'attendre le courrier de son frère. L'intraitable réalité avait alors commencé d'exister et elle avait approuvé sans sourciller le mari choisi par ses parents qui souhaitaient la soustraire au plus vite au poids de leur tristesse et s'installer, eux, dans une douleur que la vie ne viendrait plus perturber. La tragédie venait de faner une féminité à peine éclose qui n'aurait le droit de s'épanouir que dans le devoir.

Il voyait maintenant passer devant lui la descendance de ce couple que le malheur avait forgé plus que l'amour. Les uns après les autres, enfants, petits-enfants venaient bénir cette dépouille originelle. Pas un sans doute ne songeait à remercier celle qui leur avait donné la vie au prix de la sienne. Combien de fois avait-il cru, en effet, sentir chez sa mère l'amertume étouffée du sacrifice ?... Restait maintenant à recevoir les condoléances polies ou sincères de l'assemblée. Obéissant aux diktats de la modernité, ils avaient, bien entendu, précisé dans l'annonce de décès parue dans *Le Figaro* que la famille ne recevrait pas de condoléances à la fin de la cérémonie. L'enfant de chœur presbyte avait pris également bien soin de mentionner la présence d'un registre qui recevrait à la sortie les signatures de l'assistance. Pourtant, il savait qu'il n'éviterait pas un serre-pinces informel dans les courants d'air du parvis et que tous ceux qui avaient fait l'effort de venir ne manqueraient de vouloir qu'on les en remercie. Il s'avança derrière le cercueil, en tête du cortège comme il était entré, prêt à affronter la charge des ennuyeux. Ecoutant d'une oreille se répandre la compassion humaine sur tous les tons, il aperçut à plusieurs reprises, en tendant une joue, par-dessus une épaule, son frère Michel. S'attendrissant sur son propre sort, celui-ci recevait avec des airs de diva chancelante l'apitoiement des proches. Sa belle-sœur Catherine soutenait comme elle pouvait son mari éprouvé, écourtant charitablement les témoignages trop émouvants, éloignant les cousins importuns en quête de détails morbides, approchant les amis sincères et réconfortants.

Odile, fidèle à elle-même, recevait avec une hauteur attentive les doléances du quartier qui perdait l'une de ses figures en voyant partir l'une de ses doyennes. Puis, les trois enfants s'approchèrent du fourgon, les pièces rapportées en léger retrait, et tous assistèrent à l'ultime bénédiction du prêtre pendant que le maître de cérémonie faisait enfourner le cercueil.

# Chapitre deux

Les portes-fenêtres du salon sont ouvertes sur le jardin qui voit mourir l'été sans nostalgie. Les massifs de rhododendrons brûlés, les aucubas jaunis attendent la pluie et les rosiers offrent une dernière floraison, moins fournie mais plus parfumée, presque écœurante. Le petit Jacques en larmes vient exhiber un genou écorché. Paralysé sur le seuil, il scrute d'un regard inquiet cette foule d'adultes indifférents pour trouver le visage rassurant de sa mère. Alors que Paul, essoufflé d'avoir couru, pédalé, sauté, le prend par la main et le dirige vers ce regard compatissant, il peut attraper son pouce et se laisser porter. Pour eux, cela ressemble à n'importe quelle réunion familiale, à peine remarquent-ils la couleur uniforme du deuil. Les filles ont remis les robes à smocks du dernier baptême, les sandales sont juste un peu moins blanches qu'en juin et les robes un peu trop fleuries pour l'occasion. Les garçons ont enfilé les culottes courtes qui tombent sous le genou et troqué le polo contre la chemise blanche à col anglais. Vert bouteille et bleu marine dominent, Cyrillus pour les uns, cousu main pour les autres.

— Viens mon bonhomme, montre-moi, ce n'est rien, je vais souffler, faire un baiser et tu n'auras plus mal. Si ?... On va mettre un peu de rouge, tante Isaure doit sûrement avoir ça... Paul, calme-toi un peu, tu es en eau. Ça se finit toujours mal quand vous vous excitez...

D'une main, Anne-Laure renvoie en arrière les cheveux de l'aîné, collés sur son front sale, maculé de terre et de transpiration, pendant que de l'autre elle caresse le genou du dernier qui se love dans ses bras, les yeux mi-clos, épuisé. Estimant celui-ci nourri par les cacahuètes et autres quiches maison, elle se lève pour monter le coucher. Traversant le salon, Jacques presque endormi sur l'épaule, elle manque de glisser sur le parquet ciré, de renverser le guéridon et d'emporter avec elle le bougeoir XVIIIe mal monté en lampe par son oncle Bernard, piètre bricoleur. Derrière elle, un de ses cousins au prénom incertain retient le tout d'une main heureuse. Elle le remercie d'un mot mais il contemple déjà l'unique fixé-sous-verre qui lui sourit au milieu des boîtes en papier mâché plus sévères. La marquise colorée, abritée sous son ombrelle au milieu des fourrés et de quelques ruines italiennes, est légèrement décollée sous son verre bombé ; il faudra qu'il tente de la restaurer. Il ouvre la boîte à bonbons ; quelques manques aussi sur le tour en carton doré, mais ce ne sera rien à combler. A l'intérieur, trois épingles, un bouton de nacre, une vieille fève en porcelaine. Elle le laisse perdu dans la contemplation de ces vestiges du quotidien et grimpe l'escalier vers les chambres du premier.

En traversant le palier baigné de lumière, elle retrouve cette odeur de fin d'été versaillais qui monte du parquet ciré, des livres brochés et poussiéreux, du cuir du vieux fauteuil club gorgés de soleil. Elle pénètre dans la chambre déjà plongée dans le noir, couche Jacques. Puis, prétextant de devoir attendre qu'il s'endorme dans cette maison inconnue, mais surtout parce qu'elle trouve là une fraîcheur et un calme plus propices au souvenir que l'agitation du rez-de-chaussée, elle s'allonge sur le boutis vieillot du lit Louis-Philippe un peu haut et laisse à ses yeux le temps de s'habituer à l'obscurité. Peu à peu, chaque objet reprend sa forme et son existence, sort du sombre magma constellé d'étoiles éblouissantes rapportées du palier lumineux. Elle n'est pas si différente de son père, Michel, qu'elle a toujours vu se retirer ainsi pour aller s'étendre et rêvasser, se complaire dans des fantaisies stériles et nostalgiques. A côté du lit pliant monté pour son fils, elle voit ressurgir du noir de la chambre et de sa mémoire ce petit lit de bois aujourd'hui récupéré par les Bernard et dans lequel elle a si souvent dormi chez bonne-maman. Contre son grand-père qui avait condamné avec tant de fureur, raconte-t-on, l'avance que ses parents avaient prise sur le sacrement et qui les avait obligés à se marier en catastrophe dans une chapelle latérale, sa chère grand-mère avait montré pour eux une indulgence inattendue et pour elle une tendresse particulière. Persuadée que Michel n'était pas mûr pour assumer l'enfant qu'il avait désiré sans même se l'avouer, incertaine de l'amour qu'il portait à la femme avec qui il l'avait fait, elle avait voulu compenser la précipitation de leur mariage. Prenant souvent chez elle la fillette arrivée prématurément, elle avait voulu offrir à Michel et à Catherine ces quelques années privilégiées, sorte de fiançailles consommées, où le couple se forge sans enfant. Avaient-ils seulement compris l'un et l'autre ce qu'il y avait de regrets et d'envie dans cette attention méritoire ? Toujours est-il qu'elle avait reporté sur sa petite-fille cette tendresse et cet amour jusque-là réservés à son fils. Anne-Laure est bien consciente de ce lien privilégié qui a uni son père à sa grand-mère et qu'aucun de ses enfants à lui n'a pu dénouer pour s'approprier un peu de cet amour filial qui se refuse à devenir paternel. Elle en est consciente mais, à l'inverse de ses frères, elle n'en éprouve ni colère ni jalousie ; l'affection de sa grand-mère a partiellement pansé une blessure que rien ne refermera pourtant tout à fait.

Elle garde de ses trois premières années plus de souvenirs de la villa Bachelin que de chez ses parents. Entre autres, elle revoit ce petit lit qui sert désormais aux petits-enfants de son oncle Bernard, dans la chambre rose contiguë à celle de sa grand-mère. Non qu'elle se souvienne d'y avoir dormi, mais la mémoire photographique compilée dans la série d'albums familiaux est là pour réparer les oublis. Depuis, elle s'est revue des centaines de fois assise dans ce lit, le visage et le sourire tendus vers l'appareil, éternellement figés au réveil de la sieste. Ce dont elle se souvient, en revanche, c'est de ces œufs coque dans lesquels elle trempait quelques mouillettes découpées et beurrées avec soin, dans la salle à manger douillette, les volets clos sur la nuit. L'apparition du gros chronomètre noir et blanc, image des balbutiements de la télévision, annonçait la fin d'« Aglaé et Sidonie », signal péremptoire qu'il était temps de monter se glisser dans les draps raides de la chambre rose. Là, il fallait gagner encore un peu de temps, enlever ses chaussons et les installer bien perpendiculaires au lit, retirer la robe de chambre bleue immortalisée également par l'artificielle mémoire photographique et la plier soigneusement au bout du lit, se relever une dernière fois pour aller boire un verre d'eau, trouver le prétexte de la prière pour rester encore quelques minutes à genoux à côté de sa grand-mère sur le parquet qui craque, énumérer alors la litanie, non des saints mais des proches, pour les placer cette nuit encore sous la protection du bon Dieu et de la Sainte Vierge. Quand vraiment tous les subterfuges étaient épuisés, il fallait se rendre et éteindre, non sans quelques baisers arrachés à la dernière minute. Restait à demander que la porte soit laissée entrouverte et la lampe de l'autre chambre allumée pour s'endormir en entendant les rares voitures ralentir dans le virage et repartir dans la nuit. Dans la pénombre, elle entrevoyait le pastel de son arrière-grand-mère enfant lui sourire en caressant le chien qui posait à côté d'elle. Rassurée par la présence de cette petite fille d'un autre âge, elle lui confiait quelques secrets inavouables, quelques désirs enfantins avant de tomber dans le sommeil. Elle lui contait son impatience du réveil où elle pourrait aller retrouver sa grand-mère, dormant presque assise dans le lit trop haut, appuyée sur une série d'oreillers à dentelle. C'est alors que, le visage encadré par ses longs cheveux gris étonnamment lâchés, bonne-maman lui racontait la vie des morts, l'enracinait dans leur passé familial. C'est là, blottie dans la tendresse, alors que le jour s'appropriait lentement la chambre encore obscure, qu'elle écoutait cette voix sans regard lui parler d'un frère, d'un fils unis dans le même amour. Elle ne relevait même pas la tête vers sa grand-mère et, l'oreille contre le cœur de celle-ci, elle entendait battre le passé, avant de descendre boire un Ricoré dans les tasses fleuries de la cuisine.

Les jours étaient aussi calmes que les nuits, invariablement réglés. Une partie de dames que gagnait Anne-Laure les faisait patienter au retour des courses jusqu'au déjeuner préparé par Léontine. Suivait à l'heure du café la lecture des derniers feuillets écrits par bon-papa. Ces cahiers d'écolier remplis d'une écriture régulière au crayon, il en avait montré les premières pages avec un orgueil enfantin de matheux qui prend la plume. Toute petite, elle était subjuguée par ce grand-père qui lisait debout dans le salon une prose chantante et historique. Elle garde, de ces séances où il cherchait l'avis de sa femme et de sa fille Odile — et auxquelles elle, elle avait assisté en contrebande, parce qu'elle était là —, une image printanière de la guerre des tranchées. Aucun récit de mort, de souffrance ou de peur ne s'est gravé dans sa mémoire, au point qu'elle doute même aujourd'hui que bon-papa y ait seulement fait allusion. Elle se souvient simplement d'un alexandrin qui rythmait cette évocation dont elle ne percevait pas vraiment la gravité : « Quand donc reverrai-je les roses de Clarou ? » Ces lectures avaient duré et, plus grande, elle avait bien senti ce qu'il y avait de pompeux et de maladroit dans cette écriture appliquée, elle avait bien noté les silences délibérés de ce récit tronqué, elle avait reconnu le souci de justification dans ces pages sans talent. Mais quand elle n'osait bâiller devant les tribulations financières du chef d'entreprise languedocien, quand elle n'osait déplorer la froide raideur du bourgeois versaillais, elle songeait avec tendresse aux roses de Clarou qui manquaient au jeune appelé de vingt ans menacé de ne jamais les revoir éclore. Ces cahiers qu'elle n'avait jamais lus directement, dont elle ne connaissait que les extraits que son grand-père avait bien voulu dévoiler, avaient pour elle le charme de la comtesse de Noailles que lui récitait tout aussi inlassablement bonne-maman. L'un comme l'autre étaient pleins de cette poésie surannée fin de siècle que l'on se récitait pendant les chaudes nuits de Clarou. Elle n'était pas dupe de l'émotion facile de ces vers un peu mièvres mais ils conservaient pour elle des résonances particulières qui ne s'émoussaient jamais, pleins d'une pudeur désarmante. « Baisse un peu l'abat-jour... », disait Paul Géraldy. Ses grands-parents avaient ainsi trouvé dans la pénombre de la vieillesse et dans la sérénité de l'alexandrin démodé l'apaisement des heurts secrets qui transpiraient des confidences matinales de bonne-maman. Anne-Laure, sans tout comprendre, avait bien senti que la tendre guerre qu'ils se menaient alors camouflait la violence des assauts juvéniles d'un mariage indissoluble.

Anne-Laure revoit le visage de bonne-maman ces derniers jours, quand elle passait chaque début d'après-midi après avoir déposé les petits à la garderie pour une heure. Elle trouvait souvent la vieille Léontine déjà calée dans la bergère, échangeait deux mots avec elle, puis s'asseyait au bout du lit. Ça sentait bon la glycine et des stries ensoleillées jouaient à travers les volets avec les dessins du tapis. Bonne-maman n'était plus qu'une moribonde, un portrait du Greco, flammèche verdâtre aspirée par le ciel, mais ses yeux délavés qu'elle tournait péniblement à son arrivée s'immergeaient un instant dans une tendresse ineffable avant de retrouver une fixité de mauvais augure. C'était elle qui avait trente-trois ans et sa grand-mère qui avait l'air crucifié.

Pourtant, comme tout le monde, au moment de voir mourir un être aimé, c'était sur elle-même qu'elle s'était apitoyée, en ravivant les souvenirs les plus noirs de sa courte vie. Elle revoyait bonne-maman arriver sans un mot inutile dans leur sombre deux pièces des Batignolles, s'approcher du petit cercueil d'Inès, accorder au bébé un dernier regard infiniment aimant, marquer l'enfant d'un signe de croix maternel, passerelle pour l'éternité, avant de la prendre, elle, dans des bras réconfortants. C'est alors qu'elle avait senti le chagrin la déchirer ; cette souffrance indicible qui l'asphyxiait depuis quelques heures avait fini par crever en larmes inconsolables contre ce cœur qui l'avait hébergée enfant. Ensuite, elle avait entendu toutes sortes de condoléances convenues, recueilli une compassion égoïstement soulagée de n'être que témoin du drame. Elle, elle s'était d'abord révoltée contre l'abîme de souffrance dans lequel un Dieu cruel la plongeait. Puis, comme il fallait bien trouver une raison, une explication au malheur, elle n'avait pu que prêter à celui-ci un désir inhumain de vengeance. Ce n'était que le juste châtiment d'une filiation chaque fois coupable : Anne-Laure, Inès, des enfants de l'amour... Sa grand-mère, encore une fois, s'était élevée contre ces raisonnements extravagants et avait formé pour elle, comme autrefois pour ses parents, un rempart inattendu de son indulgence et de sa sagesse. Son père s'était allongé sur sa banquette Empire, incapable de l'aider à supporter l'insupportable. Sa mère avait pleuré avec elle, puis fait mine de retrouver un optimisme, une joie de vivre nécessairement factices. Vincent cherchait à fondre sa propre peine dans la communion de leurs deux corps de jeunes adultes meurtris, dans l'espoir de donner naissance à une nouvelle vie qui viendrait atténuer leur chagrin. Mais elle ne parvenait à retrouver un semblant de paix que villa Bachelin, dans la tendre affection de bonne-maman qui répétait sans affectation les gestes et les mots qui l'avaient déjà consolée autrefois.

Au moment où c'était à elle de trouver les gestes et les mots justes pour aider sa grand-mère à traverser le miroir, elle se heurtait à l'insuffisance du langage et se contentait de serrer très fort cette main, pont lancé vers le tendre passé, pour lui insuffler un peu d'avenir. En vain. Quand sa mère l'avait appelée tôt le matin pour lui communiquer la nouvelle, elle n'avait pas imaginé un instant qu'elle briserait le cœur en sucre de sa fille. Et face à ces larmes déconcertantes, elle avait tenu le discours de la raison. C'était bien mieux comme ça, elle n'avait pas souffert trop longtemps et ça n'avait pas été trop lourd pour cette pauvre Odile. Autant d'arguments rationnels impuissants face à la rupture de ce fil invisible tendu vers l'enfance.

Allez, il est temps maintenant de quitter la chambre évocatrice, et, abandonnant le petit Jacques endormi autant que la dépouille de la petite fille qu'elle a été, elle redescend. Elle pénètre dans le salon bruyant et cherche des yeux Vincent sans le trouver. Elle le voit sur le perron, entouré de leurs deux aînés. Elle n'entend pas ce qu'ils se racontent. Accroupi, il éponge Paul, tout mouillé d'avoir rejoué Rocroi armé de bâtons menaçants, et resserre le lacet d'Olivia. Tendre intimité familiale dans laquelle elle trouverait désormais la force d'être mère, le plaisir d'être femme, sans plus s'adosser à la mièvre muraille des souvenirs d'enfance.

Elle s'approche de Vincent, les yeux rougis.

— Tu t'étais endormie ?

— Non...

— Tu as pleuré ?

Sans attendre la réponse, il l'enlace et, soulevant tendrement ses cheveux bruns, il vient baiser ce grain de beauté perdu sous l'oreille, dans le cou, qu'il est seul à connaître. Mais au lieu d'un abandon prometteur, il sent se raidir contre lui le corps de la femme blessée :

— Pas ici, pas aujourd'hui, souffle-t-elle.

Révolté, comme chaque fois que l'éducation l'emporte sur leur intimité amoureuse, il s'écarte sèchement.

— Pense à bonne-maman, ajoute-t-elle implorante et incapable de substituer si vite aux vieux liens du passé la réalité charnelle de ses amours présentes.

— Justement. J'y pense et je me demande, moi, si bonne-maman, là où elle est aujourd'hui, elle ne se réjouit pas qu'il y ait au moins un type dans cette famille qui aime sa femme et qui bande quand il la touche... Elle aurait peut-être aimé, elle aussi, sentir...

— Arrête, Vincent, ne sois pas grossier. Ce n'est pas le moment...

Plein de compassion pour les regards gênés qu'elle lance autour d'eux, il a un geste conciliant et lui caresse la joue, puis s'éloigne vers le jardin, les mains dans les poches. Il a pris sur lui mais elle sait que l'énervement ne tombera que le soir, entre eux, quand il aura déversé le flot d'incompréhension que suscite en lui la toute-puissance du non-dit familial. Coupable mais résignée, elle rentre dans le salon.

Assis sous le panneau de chines bleus, le père de Place enterre comme il se doit le souvenir de la défunte, entouré de la belle-sœur et de la fille de celle-ci. Le curé se fend d'une belle homélie funèbre, en privé cette fois-ci, où il livre les souvenirs personnels qu'il a gardés de cette paroissienne hors du commun. Enfoncé dans sa bergère Louis XV, tenant à la main la coupe qu'Odile lui a apportée tout à l'heure, il susurre à celle-ci tout le bien qu'il pense de sa mère. Elle, comme à confesse, a approché l'une des chaises paillées et, penchée en avant comme si elle craignait de faire sonner la lyre sculptée dans le dossier, elle écoute le sermon sans broncher. Tante Geneviève, quant à elle, a laissé l'un de ses nombreux petits-neveux lui approcher un cabriolet plus confortable qui épouse ses formes vieillissantes. Anne-Laure se saisit d'un plateau de pruneaux au bacon pour approcher le trio.

— Merci, ma petite. Vous prendrez bien un dernier pruneau, mon père, avant de partir ? Ça ne peut pas vous faire de mal, et puis vous l'avez bien mérité : vous venez de nous faire un bien joli portrait de ma pauvre belle-sœur. Il faut dire qu'elle le méritait, notre chère Marie.

— Une sainte femme ! répète le curé, mais je n'ai pas besoin de te redire, à toi, ma petite Anne-Laure, combien ta grand-mère était une femme extraordinaire... Combien de fois l'ai-je vue arriver à la messe de onze heures, te tenant par la main, le missel dans l'autre. Elle te guidait vers les bas-côtés, toujours à gauche de la nef, souvent au pied de la chaire en bois sculptée, un peu à l'abri du regard des hommes. Oh, pas de Dieu, certes non, la pauvre femme, elle n'avait rien à se reprocher... Il le savait bien, elle était incapable d'une mauvaise pensée. L'entendre en confession, c'était un péché d'orgueil. Je lui avais dit, d'ailleurs : “ Allez, madame Malcuy, je ne veux plus vous voir tous les vendredis, c'est inutile ; vous avez ma bénédiction, réglez directement vos petits comptes avec Notre-Seigneur. Ces petites vétilles Le feront sourire et Le changeront de Son pain quotidien. ” Une bien bonne chrétienne que votre mère, vous savez, Odile. Et indulgente avec ça... Regardez ce qu'elle a fait avec sa bonne Léontine. Vous croyez qu'elle l'aurait mise dehors quand celle-ci s'est retrouvée enceinte de son danseur de tango ! Pas du tout, et pourtant elle aurait pu craindre la mauvaise influence : vous n'étiez pas bien grands tous les trois. Vous, Odile, n'en parlons pas, mais même vos frères ; ils étaient tout juste adolescents, Bernard et Michel. Eh bien, elle l'a gardée, contre l'avis de son mari — et contre le mien, je le reconnais —, et elle l'a même aidée, cette pauvre petite qui pleurait tout ce qu'elle pouvait en répétant qu'elle l'aimait, son Roberto. Celui-là, vous pensez bien qu'il avait pris la poudre d'escampette dès qu'il avait appris qu'elle était grosse... Ah ça, elle peut lui être reconnaissante, Léontine ; elle est bien fidèle, d'ailleurs. Regardez là-bas, elle en a du chagrin. Votre mère était ainsi, Odile, généreuse, même si cela allait contre ses principes. Comme pour ta naissance à toi, Anne-Laure. Quand Michel a annoncé qu'il avait mis une jeune femme enceinte, un peu tôt, tu crois qu'elle se serait fâchée ? Au contraire, elle a apporté toute sa subtile énergie à calmer ton grand-père. Parce qu'il était dans un état, lui d'ordinaire si calme. Je crois que c'était la goutte qui faisait déborder le vase ; il ne supportait plus les lubies de ce fils qui ne faisait rien comme tout le monde. Mais, habile comme elle savait l'être, elle est parvenue à calmer sa fureur ; l'air de rien, elle a obtenu qu'il lui pardonne. Et finalement, tout s'est bien passé, Michel et Catherine ont l'air heureux si tant est que ton père puisse être heureux... Ah ça, celui-là, il aurait peut-être mieux valu que ton grand-père lui botte parfois un peu les fesses, ça ne lui aurait pas fait de mal ! Mais sa pauvre mère l'aura toujours protégé, couvé, sans doute parce que c'était un enfant fragile et difficile. Enfin, tout le monde a ses petites faiblesses, c'était quand même une sainte femme !...

— Et toute en dévouement, interrompt tante Geneviève, sautant sur cette courte pause pour s'emparer d'une parole dont elle se sent privée depuis trop longtemps ; qu'on n'aille pas penser qu'elle n'avait pas aussi sa petite pierre à apporter au mausolée dressé en l'honneur de sa belle-sœur. Souvenez-vous comme elle a entouré notre cher André, à la fin. Ah ça, il n'est pas parti seul, lui, ce n'est pas comme elle... Mon pauvre frère, il aura bien souffert, mais ta mère, Odile, a été extraordinaire une fois de plus... Elle a fait notre admiration à tous. Quel dévouement... Et jusqu'au bout, même quand tout était perdu. Elle mettait un point d'honneur à ce qu'il meure chez lui. Un Malcuy n'était jamais mort à l'hôpital, répétait-elle inlassablement. Elle lui tenait même la main quand il nous a quittés... La dernière image qu'il a dû emporter, c'est ce regard défait par le chagrin... Tu sais qu'on était inquiets : elle qui avait toujours été si forte, on a cru qu'elle ne se remettrait pas. Elle avait accumulé une telle fatigue. Et puis, ton père et ta mère, c'était un couple si uni, jamais un mot plus haut que l'autre, jamais une histoire... Il doit être heureux là-haut, André, qu'elle l'ait rejoint... C'est pour Michel que cela doit être dur, il aimait tellement sa mère, ils étaient si proches tous les deux. Elle vous aimait tous les trois, bien sûr, mais lui, c'était différent. Elle disait qu'il lui rappelait son frère

— pauvre Joseph, fauché à vingt ans ! On en a vécu des drames à l'époque... Quand je pense qu'on se plaint parfois aujourd'hui... —. Enfin, pour Michel, lui qui est si sensible... Elle se faisait toujours du souci pour lui, d'ailleurs.

Anne-Laure voit sa tante piquer du nez ; Odile ne peut que sentir dans cette tirade le reproche implicite de n'avoir pas été présente quand sa mère s'est éteinte. Personne ne le lui dira mais tous pensent évidemment qu'elle aurait dû être là. C'est la fille, c'est tout. A elle, la culpabilité, à Michel, le chagrin.

— Cela dit, je ne te cache pas que du souci, moi, je m'en fais aussi pour toi ; pas vous, mon père ?

Le père de Place opine du chef tout en regardant discrètement sa montre. Il sait que la question de la charitable belle-sœur n'est que rhétorique et qu'ayant pris son élan, elle ne va pas de sitôt renoncer à l'exutoire de la parole.

— C'est vrai, que vas-tu devenir maintenant que ta mère est partie ? Tu t'es occupée d'elle, très bien, mais il faut penser à toi aussi. Quand est-ce qu'on te marie ? Tu nous avais amené un jeune homme très bien, très convenable. J'avais joué au bridge avec sa tante. En tout cas, il était sérieux, travailleur, centralien comme ton père, je crois, et plutôt joli garçon, ce qui ne gâte rien, ma foi. Tu étais allée dans sa famille, une charmante propriété du côté de Dieppe... Comment s'appelait-il déjà ?

— Hector... Hector Baquet... répond une Odile un peu gênée de voir ainsi ses inutiles conquêtes amoureuses exposées aux yeux d'une nièce que ça ne regarde pas et d'un prêtre que ça n'intéresse pas.

Heureusement, l'un et l'autre font poliment mine d'être absorbés dans de nostalgiques souvenirs.

— C'est cela, reprend l'intarissable tante Geneviève, je m'en souviens maintenant. Il t'avait couverte de roses pour ton anniversaire. C'était d'un chic ! Evidemment, devenir madame Baquet... Mais quand on n'a plus le choix !... Cela dit, tu as peut-être rompu ?

— Cela fait presque vingt-cinq ans, ma tante !... Alors, vous pensez si Hector m'aura attendue !

— Vingt-cinq ans déjà ! Tu es sûre ?... Je ne vois pas le temps passer. Mais tu as pourtant raison, c'était juste à la mort de ton pauvre père ; il me semble que c'était hier. A l'époque, ce n'était pas le moment de laisser ta mère, évidemment...

Le prêtre, qui manifestait de plus en plus clairement son impatience au point d'infliger à la bergère Louis XV la dangereuse torture d'un balancement énervé, profite de ces points de suspension incrédules pour s'échapper :

— Oh, cette fois-ci, mes enfants, il faut vraiment que j'y aille. Le devoir m'appelle. Et puis, je vais vous laisser : il faut mettre tous ces jeunes gens à table. La vie doit l'emporter sur le chagrin, et ces grands gaillards ont sûrement faim. Je m'éclipse sans déranger personne, ne vous occupez pas de moi.

Il se lève, va saluer Isaure qui l'invite à dîner pour le jeudi suivant. Il accepte, mais comme d'habitude, hein ? sans graisse ni sucre : son médecin est catégorique. Les trois générations de femmes, un peu gênées de se retrouver entre elles, peinent à renouer la conversation. Odile, surtout, troublée sans doute par l'évocation de ses amours perdues, suit de près le prêtre et se lève sous prétexte d'aller prendre un peu l'air dans le jardin. En passant devant la glace, elle replace le serre-tête en velours qui tente avec peine de discipliner quelques mèches mal domestiquées par le brushing du matin.

« Hector, lance-t-elle au reflet, voilà une histoire qui ne date pas d'hier. Bientôt vingt-cinq ans... Cette tante Geneviève, quelle pipelette !... Devant Anne-Laure et le père de Place !... Enfin, elle a l'art de mettre le doigt là où ça fait mal... Il m'aurait épousée, Hector, certainement. Il aurait suffi d'oser. Comme pendant ce fameux week-end, à Dieppe. Il ne m'a pas violée, j'ai accepté de me laisser faire. En suis-je seulement sûre ? J'étais pourtant partie sans arrière-pensée. Un week-end en famille, chez ses parents, en tout bien tout honneur ; une sorte de présentation de Jésus au Temple, le dernier examen avant la bague au doigt. J'avais beau avoir presque trente ans, je n'étais pas partie sans recommandations. Maman, la première, me mettait en garde, elle qui ne se serait sûrement jamais fourvoyée dans une pareille scène de roman-feuilleton. Ce n'était pas le genre à céder à quelques tendres promesses, à une main hésitante glissant dans le creux des reins. Elle l'aurait plutôt giflé, celui qui aurait osé. Mais moi, pouvais-je vraiment l'empêcher d'entrer ? Jamais je n'ai été à sa hauteur... Le désir, ou la curiosité, l'ont emporté. Pourtant il faut être honnête, l'un et l'autre avaient été floués ce soir-là quand il a rejoint sa chambre pour que les apparences soient sauves. Recroquevillée dans mon lit défait, je me suis dit qu'une fois de plus, maman avait raison, que tout cela ne valait pas la peine, et que, d'ailleurs, comme elle, je ne devais pas être douée pour le plaisir. J'aurais peut-être dû m'arrêter là... Mais si la première fois ne m'a pas laissé un souvenir impérissable, il y en a eu une deuxième, une troisième, et d'autres encore, dans sa chambre de bonne de la rue Sainte-Victoire, la bien-nommée... C'est là seulement que j'ai senti ces saccades goulues happer son sexe dans le mien, mon ventre et tout mon corps inondés par cette source chaude qui pigmentait mes pommettes d'un rouge impudique. C'est là seulement que plusieurs fois, j'ai refermé mes jambes sur son corps enserré, incrédule et égarée devant le plaisir qui me secouait. Joli souvenir... Mais tout se paye et les frayeurs ont commencé. Il suffit d'un coup pour tuer un Russe, disait maman. Dieu sait pourtant si elle a mis du temps, elle, à avoir des enfants ! Mais Anne-Laure venait de naître, six mois après le mariage de Michel et Catherine... Bref, dix jours d'une inquiétude cisaillante, obsédée par l'espoir de voir apparaître la tache salvatrice, volontairement malmenée dans sa R5 par les pavés de la place d'Armes, paralysée par l'annonce à faire au général Baquet et à Malcuy le centralien... Et enfin, la douleur, le ventre contracté et le flot réparateur. Une sorte de virginité récupérée. Après ça, il a bien essayé de recommencer une fois ou deux. Sans succès, merci bien... Dans le fond, ce n'était pas pour moi tout ça. Comme maman, je suis bien sûre qu'avec papa... Alors, à quoi bon se marier dans ces conditions-là ? Pour transmettre à une fille la même féminité repentante ?... Pour ne plus être la célibataire qui fait la morte au bridge sous l'œil jaloux d'épouses méfiantes ?... Pour ouvrir les portes d'un intérieur bourgeois à une famille en deuil, comme le fait Isaure aujourd'hui ?... »

La fraîcheur du jardin et une ironie bénéfique lui permettent rapidement de se recomposer une digne apparence. Elle a un œil attendri pour cette marmaille qui s'agite, pour ces garçons qui font le siège de quelque château en Espagne, pour ces fillettes qui font le tour de la pelouse, main dans la main, en se murmurant des secrets interminables, pour le mari d'Anne-Laure qui paraît chercher au pied des érables quelque consolation à elle ne sait quels remous intérieurs.

Anne-Laure, quant à elle, a repris son plateau et s'est approchée de Léontine, isolée sur sa chaise paillée, les mains croisées sur son sac, tout de noir vêtue, un vrai deuil à l'antique. Une larme coule de ses yeux délavés sur ce vieux cuir fripé, premier chagrin sincère et sans réserve. Cette vieille servante, Œnone tourangelle, a peut-être été la seule à recueillir les confidences de bonne-maman.

— Dire qu'elle est partie comme ça, tout doucemanette comme on disait à Montpellier, sans résister, elle qui était restée droite comme un *i* jusqu'au bout, jusqu'à cette mauvaise chute. Elle marchait mieux que moi pourtant, et la canne, elle la prenait juste pour rassurer ton oncle Bernard. Je passais la voir tous les ans pour les vœux, eh bien, elle ne bougeait pas. C'est rare, hein ? Parce qu'il faut dire ce qui est, on ne va pas en rajeunissant... Tu me diras, elle n'était pas du genre à se plaindre. Même à la fin, quand je venais lui dire un petit bonjour, elle prenait bien soin de les cacher, ses petites misères. Alors, autant te dire que je n'ai pas compris quand elle s'est allongée, après son fémur. Je suis passée souvent, tu le sais bien, lui rendre une petite visite. Je m'asseyais tranquillement dans le fauteuil, à côté d'elle. Sa chambre était fraîche, avec ses volets fermés ; c'est qu'il a fait tellement lourd ces derniers temps, même ma voisine s'en plaignait parce que ça réveille ses douleurs, ces grosses chaleurs humides. Je suis restée là des après-midi entiers, on ne parlait pas ou presque. On dormaillait même un peu en général...

Léontine se tait, étreinte ; comme elle, Anne-Laure souffre à l'évocation de ce silence confiant.

— ... Et puis, de temps en temps, quelques vieux souvenirs remontaient ; elle parlait beaucoup de son frère, de ce que sa mère avait pu pleurer à la mort de son fils chéri. Il faut dire qu'elle pouvait m'en parler à moi, c'est à peu près à cette époque-là que je suis entrée dans la famille. Tu penses si je m'en souviens... je dois être la seule maintenant. C'était après la Grande Guerre, ça faisait trois, quatre ans que monsieur Joseph était mort, mais ses parents, ils ne s'étaient jamais remis. Il y avait le jeune Fernand Derruau, le meilleur ami de Joseph, qui ne quittait pas la maison. Il venait leur raconter la guerre ; elle ne s'en lassait pas, la pauvre madame de La Fresnaye, d'entendre raconter les dernières heures de son fils. Ce n'était pas rien ce temps qu'il leur donnait, le jeune Derruau, il était tout le temps fourré chez les La Fresnaye. Il n'aurait pas été tout jeune marié à l'époque, ça aurait bien pu jaser. Tu sais comment sont les gens, ils auraient eu tôt fait de le fiancer à ta mère. Heureusement, à peine revenu de la guerre, il avait épousé la petite Florain : ils étaient promis dès 14. Mais il devait se sentir une dette, ce n'est pas toujours bien facile d'être vivant. Alors, quand il a présenté son ami André à ton arrière-grand-père, celui-ci n'a fait ni une ni deux pour lui donner sa fille. On le comprend : un poilu, travailleur, la tête sur les épaules, ça ne se refusait pas ! Ta grand-mère allait pouvoir souffler... Elle a enfin connu, la pauvre petite, les plaisirs simples de la jeunesse ; n'importe comment, elle y avait bien droit, après ce long deuil. Oh, sans excès !... Tu la connais... Mais ton grand-père, il ne l'a privée de rien, sa petite femme : spectacles, dîners, réceptions, voyages et tout le toutim, il l'aimait tant. Il faut dire qu'elle était si charmante ; et si douée. Ah ça, elle s'est amusée à ce moment-là. Elle le disait ces derniers temps, et elle était reconnaissante à Derruau, d'ailleurs, de lui avoir présenté ton grand-père. C'est que j'ai connu, moi, les larmes de crocodile de ton arrière-grand-mère et le silence coupable de son mari... Ce n'était pas bien drôle pour une jeunette. Et la jeunesse, moi, je dis, il faut que ça s'amuse. Mais surtout, ta grand-mère, elle m'a dit une chose bizarre, l'autre jour, j'en suis encore toute retournée. Elle m'a dit, comme ça : “ Tu sais, Léontine, à la mort de Joseph, ma mère ne devait pas être loin de me détester d'être là... ” Pauvre petite, ça m'a fait mal au cœur d'entendre une chose pareille !... Peut-on souffrir comme ça ?... Mais je t'ennuie peut-être avec toutes mes histoires...

Tu n'as pas connu, toi, tous ces gens-là. Il n'y a plus que moi, maintenant, pour vivre avec ces vieux fantômes...

— Au contraire, Léontine, tu ne m'ennuies pas du tout. Si tu ne le fais pas toi, plus personne ne nous racontera tout ça...

— Toujours est-il que ton grand-père, il aurait fait n'importe quoi pour elle. Il ne leur manquait qu'un enfant... Mais elle était incapable de rester en place. Elle qui n'était pas bien costaud, il aurait fallu qu'elle se tienne un peu tranquille. Au lieu de ça, dès qu'elle avait un peu de retard, je le voyais bien, moi, vas-y que je m'agite, que je cours par-ci par-là... Elle, ça ne semblait pas beaucoup lui manquer, moins qu'à ton grand-père c'est sûr... Enfin, pendant ces premiers jours d'août, elle parlait de ça avec un petit filet de voix, la pauvrette. Qui sait, d'ailleurs, si elle avait encore toute sa tête ? C'était un peu embrouillé, il faut le dire. Elle parlait des Derruau, des soirées parisiennes, de ton grand-père en mélangeant le tout. On s'y perdait, on ne savait plus très bien où on en était. André, Joseph, et même Fernand, ces hommes qui l'ont entourée, elle n'en faisait plus qu'un seul bonhomme... Cela dit, tu sais comme elle était, pas le genre à s'attendrir ; alors, elle prenait sa moue pleine de dédain — tu vois ce que je veux dire —, et elle écartait ces souvenirs d'un geste de la main, comme s'ils la gênaient. Ensuite, elle se taisait et se retournait. Combien de fois je suis partie comme ça, sans lui dire au revoir, sentant que même moi, j'étais de trop. Je crois bien qu'elle ne voulait pas plus de témoin de sa mort que de sa vie. A la fin, elle ne parlait plus du tout, tu te souviens ?... Je suis passée samedi ; quand je suis arrivée, elle a juste ouvert les yeux et elle a dit : “Ma pauvre Léontine, ma pauvre Léontine... ” C’est tout ; je ne sais pas vraiment de qui elle avait pitié, d’elle ou de moi...

Elle pleure en silence, Anne-Laure a la gorge serrée. Elle serre la main de Léontine dans la sienne et sent sa fine peau translucide posée à même les os. Une seule douleur les unit. Mais elle ne peut se laisser aller, trop de regards sont tournés vers elle, surtout ne pas se donner en spectacle. Déjà, on l’appelle :

— Anne-Laure, te reste-t-il quelques pruneaux pour nos jeunes femmes enceintes ?

Assises devant la cheminée en marbre languedocien rapportée dans son salon versaillais par un oncle Bernard attaché à ses racines, ses cousines profitent de l’occasion offerte par cette épreuve, somme toute naturelle, pour reprendre les conversations abandonnées après le dernier baptême : des différents traitements de l’otite à répétition chez l’enfant, de la nécessité d’installer une tente pour un mariage breton, de la vertu du point de croix pour occuper les mains et l’esprit. Peu encline à partager ces bourgeoises banalités, Anne-Laure voit avec soulagement s’ouvrir les portes de la salle à manger. Fatima, venue pour l’occasion soulager tante Isaure, avait déjà questionné celle-ci à voix basse et, à plusieurs reprises, elles s’étaient concertées dans la cuisine ; des odeurs mijotées avaient envahi le salon malgré les portes grandes ouvertes sur le jardin... Cette agitation soudaine ayant toute l’apparence d’un passage à table imminent, quelques jeunes mères vont arracher les plus petits au jardin et reviennent, emportant non sans mal vers les chambres du premier leur rejeton récalcitrant qui gigote comme un ver coupé. Les pères sortent donner des consignes de calme et de discipline aux plus grands, savourant cette bouffée d'air frais avant de replonger dans l'atmosphère confinée de l'interminable repas, enviant la tenue débraillée et la liberté provisoire de ces futurs danseurs de rallye.

# Chapitre trois

Tu les verrais, maman, tu te tordrais de rire... Tu ne pensais pas, en partant, que celui que tu bouleverserais le plus serait le plan de table. Voilà pourquoi Bernard et Isaure ont tant tardé à ouvrir la double porte de la salle à manger. Cette place vide, qui, selon le protocole, devait désormais l'occuper, de Catherine ou d'Odile ? Catherine a beau être de janvier 45, elle a toutes les chances de l'emporter, en sa qualité de femme mariée, sur Odile, célibataire de mai 44. Très léger flottement, mais chacune d'elles a mentalement résolu l'équation et Odile se dirige modestement vers la gauche de Bernard, en attendant un jour d'obtenir sa droite. En face, Pierre-Louis, le fils de la maison, et moi, nous partagerons le plaisir immuable d'entourer Isaure. Je m'avance et m'assieds. Je devrais tirer la chaise de ma belle-sœur vers l'arrière et l'aider à s'installer. Je surprends le regard réprobateur de mon estimable frère — toujours irrité que je n'agisse pas comme il l'aurait fait —, mais Pierre-Louis s'en chargera... Les jeunes se partagent les bouts de table ; on a invité les femmes enceintes à s'asseoir. Bernard a placé les quatre charmants fiancés de l'année sans séparer les couples comme il se doit, et, gentiment, il a mis en valeur le fier Alain en le plaçant à droite de Catherine. L'aviateur qui porte son nom comme un casoar se rengorge. Tous déplient leur serviette chiffrée et empesée pour s'attaquer à quelques variétés de crudités. Le déjeuner se doit d'être simple ; on n'est pas là pour faire ripaille, ce serait déplacé, mais pour partager un peu de cette hostile convivialité qui nous permettra de surmonter le chagrin, pour communier une dernière fois dans le souvenir de maman, avait dit Odile...

Bien sûr, nous commençons par parler de toi, par nous réjouir en chœur que tu n'aies pas souffert. Comme si nous en savions quelque chose... Odile pique du nez dans son assiette ; elle pense comme moi. Tu étais seule, et qui sait si tu n'as pas effroyablement tremblé quand tu as senti la mort approcher ? Sophie, ma belle-fille si pleine d'une sottise qu'elle ne peut taire, rajoute comme d'habitude une louche de lieux communs sur le départ des grands vieillards. Tout le monde s'accorde à dire que tu n'aurais pas supporté de t'en aller petit à petit, de perdre peu à peu ton indépendance et cette autorité que tu as toujours gardée sur ta vie. Il valait bien mieux que tu partes comme ça, d'un coup. Finalement, c'est vrai, tu te seras allongée un petit mois, très courtoisement, juste le temps de nous habituer à l'idée de ta disparition. Tout est bien qui finit bien...

Comment se fait-il que je ne parvienne pas, moi, à éviter cette sensation de vide, ce vertige de l'absence ?... Personne ne peut comprendre ici, alors qu'ils sont tous confortablement retranchés derrière une haie de principes bien taillés, que moi, je ne puisse pas supporter que tu ne sois plus là, que tout espoir soit perdu de savoir la vérité, ta vérité... et peut-être la mienne. Un bien grand mot que la souffrance pour cette légère douleur persistante, diffuse, comme un vieux reste de crampe. Si je m'étais écouté, je serais dans mon salon, les yeux et les volets mi-clos, étendu sur le canapé Empire à écouter quelque fugue de Liszt, un tome du *Bloc-Notes* ouvert devant moi comme alibi à l'inactivité. Bouger le moins possible, ne pas s'exposer à raviver l'élancement. Laisser du temps au temps... C'est Catherine comme chaque fois qui m'a poussé à me lever, à venir serrer des mains indiscrètes, à subir des effusions hypocrites... Appuyée par Anne-Laure, qui sait bien, elle, pourtant, parce que le même sang coule dans ses veines et dans les miennes, que je serais mieux partout ailleurs qu'ici... Me voilà maintenant piégé, pris dans la chaleur d'un banquet incongru où chacun est rasséréné par la présence des autres, où plus qu'un chagrin sincère, on partage surtout la satisfaction de se retrouver entre soi — et peut-être même une certaine émotion communicative, je ne le nie pas. Je surprends juste, sans le chercher, le regard perdu de certaines pièces rapportées qui s'ennuient... Tu n'aurais pas voulu de cela, j'en suis sûr. Tu étais comme moi, ces allées et venues de soupirs convenus t'auraient fatiguée. Que chacun retourne à ses occupations et à sa douleur solitaire...

Tiens, tu vois, ton hommage funèbre n'aura pas

duré bien longtemps, la vie reprend ses droits. On discute maintenant des mariages de l'automne. Celui d'Alain et Bénédicte réjouit tout le monde : c'est tellement facile d'organiser une belle cérémonie, de monter une jolie tente à rayures et un bon buffet dans une propriété comme celle des Gerfaut, près de La Trinité. On évoque d'un air plus pincé celui de Nicolas et Stéphanie dans la cour du collège d'Ermenonville, chez le principal... Celui-ci aura, certes, la gentillesse de mettre les tables de cantine à la disposition des familles — c'est un très brave homme, paraît-il —, mais des tables de cantine, même avec de jolies nappes brodées, ça reste toujours des tables de cantine !... Enfin, Isaure fait contre mauvaise fortune bon cœur : elle tendra le bras au principal en pensant qu'une semaine après elle le donnera au général. En attendant, je regrette que tu ne sois plus là pour le voir, notre Gerfaut, prendre son envol pour étaler ses quelques méconnaissances littéraires. Il se pique de culture, tu t'en souviens peut-être. Le voilà qui nous démontre avec aplomb que Gide n'a jamais été homosexuel, que tout cela n'est que racontars de journalistes de gauche. L'assemblée reste perplexe ; tu me diras, il y a autour de la table quelques oies blanches qui n'y connaissent rien à rien et que ça ne doit pas gêner outre mesure... Blandine s'apprête quand même à riposter : son honneur de normalienne, l'honneur du corps auquel elle appartient désormais, lui impose de rétablir la vérité scientifique... Bernard lui fait signe discrètement de ne pas alimenter une polémique inutile, en ces circonstances pénibles pour tout le monde, et en fille obéissante elle cède. Il ne sera pas dit que ton repas d'enterrement aura été entaché d'une dispute familiale, quand bien même elle mettrait en cause deux bretteurs de second rang. La menace toujours pesante du conflit est écartée, la solidarité du clan l'a emporté sur la réalité historique. L'aviateur replie ses ailes, résolu à continuer le déjeuner sans nouvelle embardée : il a marqué un point, le souvenir restera de sa présence en ce jour important.

Voici maintenant Paul qui, bravant tous les interdits, vient déranger sa mère à table pour la prévenir que Jacques est réveillé de sa courte sieste, alors que le colin mayonnaise apparaît sur la table. On voit bien que tu n'es plus là. Personne n'aurait osé te servir du poisson — tu avais horreur de ça —, encore moins du poisson froid avec une vulgaire mayonnaise... Isaure s'excuse d'ailleurs à nouveau de la simplicité du repas — à la fortune du pot. Je me demande tout de même s'il ne faut pas flairer dans ce colin quelques relents d'une imperceptible révolte de la part de ma dévouée belle-sœur. La voilà qui imprime pour la première fois sa marque diététique sur le menu, après avoir subi, sans sourciller, des dimanches de gigots, lapins ou pintades en sauce qu'elle picorait d'un air contrit. Je vois le mal partout, me dirais-tu, mais je suis sûr que, dans ton for intérieur, tu serais d'accord avec moi. Elle sait aujourd'hui qu'elle ne risque plus la remarque acerbe que tu recouvrais d'un sourire condescendant pour commenter sa cuisine...

Vincent se lève, sous le regard implorant d'Anne-Laure : c'est lui qui ira chercher leur fils en larmes.

Les pères ont bien changé, jamais Catherine n'aurait songé à me demander la même chose. Je n'aurais même jamais compris ce langage muet où s'exprime toute la lassitude d'une jeune mère constamment sur la brèche. Quant à toi, maman, avais-tu seulement un mari ? L'image est séduisante, du couple sans histoires, sans heurts, liés l'un à l'autre jusque dans la mort, mais comment y croire ? C'est pourtant vrai que notre père était un brave homme, qu'il a tout fait pour te rendre heureuse, qu'il t'a sortie de cette famille endeuillée pour te conduire au soleil montpelliérain... Comment comprendre alors que tu aies jeté toutes tes photos de mariage, effacé la moindre trace de ce jour solennel qui faisait de toi une Malcuy ? Les La Fresnaye, même blessés, touchés au côté droit, ayant perdu avec leur fils la promesse d'un avenir radieux, valaient sans doute toujours mieux que l'univers versaillais étriqué de ce petit patron de PME, les bottes tachées par l'acide raisin héraultais...

Est-ce tout ce que tu lui reprochais, ce provincialisme indécrottable ? Lui reprochais-tu d'ailleurs quelque chose ? Mari idéal, racontent aussi bien Léontine que le père de Place. Moi, je m'étonne juste de cette absence de souvenirs... Une petite enfance où tu es là, toujours seule, près de nous. Des dimanches sans père, parti chasser dans le Loir-et-Cher, avec quelques noms dont on ne voyait jamais les visages. Un coup de klaxon à l'aube, un claquement de portière au crépuscule, quelques faisans ou perdreaux que Léontine plumait sans entrain, que nous mangions sans envie en recrachant les petits plombs incrustés dans la chair... Des soirées qu'il occupait à mettre en place le jeune PSF, accompagnant le colonel dans chacune de ses réunions publiques, porté par la vague de réaction au Front populaire... Des semaines entières passées à Montpeyroux au chevet de ses ciments malades qu'il avait décidé de ressusciter à la mort de ses parents, en 34, juste l'année de ma naissance... Et toi, sans un mot, sans un commentaire, assurant l'intendance et resserrant les liens d'une communauté factice, regroupant autour de toi, comme aujourd'hui, les poussins engendrés par ce coq de bruyère. Et rien ne l'a retenu auprès de nous, ni l'installation à Montpellier, en zone libre, qui le rapprochait pourtant de Montpeyroux ni la naissance d'Odile survenue par on ne sait quel miracle — peut-être pour fêter la libération —, alors que la quarantaine avait sonné pour toi depuis deux ans déjà et que le leurre de la couche matrimoniale avait cédé peu de temps après ma naissance à la sage quiétude des chambres séparées... Ils feraient bien d'en prendre de la graine tous ces jeunes couples qui pondent à intervalles réguliers, ne connaissant de la contraception que les on-dit sur l'allaitement ! Quand je vois tous ces enfants issus d'un même sang mais que rien ne rapproche vraiment... Quoi de commun entre ce petit blond bouclé et renfrogné qui redescend dans les bras de son père et cette grande brune à lunettes, postée à l'entrée de la salle à manger, déjà curieuse de ce que disent les adultes ? Le nez peut-être...

Quoi de commun entre Bernard et moi ? Le physique rond, le profil grec et les couleurs froides et passées des Malcuy pour lui, la silhouette sèche, la tignasse noire et les traits dessinés au couteau des La Fresnaye pour moi. Peu importe, me dirais-tu..., sauf que depuis toujours, il n'y a pas que le physique qui nous oppose... Te souviens-tu que pendant ces étés languedociens brûlants, Bernard allait tailler les vignes ou les oliviers, qu'en futur héritier il suivait notre père sur leurs terres pour connaître la propriété que j'étais le seul à aimer vraiment ? Deux mois d'été à s'occuper intelligemment, disait-il. Pendant que moi, je passais des heures à rêvasser à l'ombre, au bord d'un ruisseau évaporé, avec l'alibi d'une canne à pêche le plus souvent bredouille. Je me laissais rejoindre par Gaston, le fils de l'intendant, et par Jean, le fils Derruau. A trois, nous explorions les retraites secrètes de la campagne alentour autant que les recoins de notre imagination fertile, associant les deux dans des songes timidement érotiques, chacun désirant entraîner dans ces taillis découverts ou rêvés la fille de ferme dont il n'osait même pas croiser le regard... Nous revenions tous les trois de ces fantasques escapades, à la fois plus confiants dans l'avenir — à la prochaine rencontre avec Marcelle, nous oserions —, et plus déçus du présent... Au retour, on apercevait, dès l'entrée secrète du parc — une brèche sans doute aussi ancienne que le mur lui-même —, la famille et les voisins fréquentables réunis à l'ombre du cèdre centenaire pour boire ensemble une fraîche orangeade. Tante Geneviève était souvent là, bien qu'elle affirmât ne pas comprendre que l'on pût préférer la campagne à la mer. Passant l'été dans son gros mas de Bouzigues, elle devait toutefois se lasser de contempler le coucher de soleil sur l'étang, sublime comme tous les soirs, et elle venait fuir dans la quiétude de Clarou les nuées de moustiques qui la dévoraient malgré la citronnelle. Les Fabre et les Pujol ne rataient pas une fin d'après-midi dans le parc, s'ennuyant sans doute dans leur demeure voisine sans oser se le dire. Les Derruau étaient plus irréguliers et venaient marquer de leur présence les quelques fêtes qui rythmaient l'été, se refusant à une brouille définitive, en souvenir de l'amitié qui les avait liés avant nos naissances, et peut-être de celle qui continuait de me lier à leur fils. Bernard était là aussi, jouant fièrement de ses deux ans de plus que moi qui lui donnaient le droit de porter le pantalon et de partager l'antigaullisme primaire de ces anciens poilus. Jean Derruau et moi, dégoulinants de sueur et la culotte verdie par l'herbe, les mains griffées par l'âpre garrigue qui entourait Clarou, faisions mine d'ignorer superbement le regard réprobateur et l'air supérieur des aînés pour nous réfugier dans la cuisine restée fraîche où la vieille Marguerite nous réservait toujours quelques oreillettes du matin. Je me souviens encore de ces beignets soufflés et craquants, du sucre glace dont elle les aspergeait et qui nous faisait éternuer à chaque bouchée. Cette saveur douceâtre est relevée dans ma mémoire par le parfum piquant de la rhubarbe qui cuisait pour la tarte du soir ou celui tout aussi acide de la groseille qui se faisait confiture... Le goût et l'odeur de la tendresse... Tu nous rejoignais de temps en temps, t'échappant un instant du monde aussi trouble qu'ordonné des adultes pour passer la main sur mon front crasseux.

Tu enviais, espérais-je, le sort de la pauvre Margue qui nous régalait en bougonnant, qui nous saisissait à bras-le-corps pour nous approcher du robinet et laver nos mains noires de terre, qui réclamait à la fin du goûter un gros baiser sucré qu'en grandissant, nous lui octroyions avec cette gêne croissante de nous retrouver plaqués contre sa généreuse poitrine. Puis, nous filions tous les deux vers les chambres ombreuses qui attendaient que le serein tombe pour retrouver la vue sur la campagne et la lumière du jour. Combien j'ai aimé cette odeur de vieille maison toujours fermée, ces soirées qu'on faisait durer sans fin pour compenser des journées trop chaudes, cette lourdeur même de la fin août que tu trouvais insoutenable...

Tu avais d'abord détesté, toi, cet arrière-pays montpelliérain, prisonnière sans doute de ces murs de pierres sèches, de ces garrigues brûlées, de ces vignes médiocres dont on ne s'échappait que pour aller chercher le pain à Saint-André-de-Sangonis ou le vin à Saint-Saturnin, l'horizon barré par les contreforts des Cévennes. Ces Méridionaux qui te reprochaient ton accent pointu et ta réserve parisienne, qu'ils prenaient pour du dédain, te fatiguaient par leur faconde et leur fierté locale. Condescendants avec Toulouse, haineux envers Nîmes, méprisants pour Marseille, persuadés qu'au-delà de Valence il ne faisait que pleuvoir, ils ne pouvaient comprendre que leur cher pays ne t'ait pas séduite d'entrée de jeu. Mais ces Occitans qui « bronchaient » dans le tapis au lieu de trébucher, qui « pliaient » un service à thé au lieu de l'emballer, ne parlaient pas la même langue que toi et ta curiosité d'ethnographe était insuffisante pour prendre le pas sur le sentiment d'être l'intruse, l'étrangère... Etouffant dans ces ambiances confinées de maison protégée du soleil, tu repoussais les volets dès ton arrivée, suivie de près par une belle-mère déconcertée qui s'empressait de refermer ce que tu ouvrais. Ton beau-père, hâbleur comme un Gascon, dérouté par ton silence, mit d'abord tes réponses évasives sur le compte du chagrin et du deuil qui venait de te frapper. Mais rien n'expliquait pour lui cet air glacial que tu prenais dès ta descente du train à Montpellier. André aura tout fait pour t'intégrer, pour te faire partager son amour de la région, pour tempérer l'incompréhension de tes hôtes. Mais plus il en faisait, en te dévoilant des points de vue incomparables, en t'emmenant visiter la capitale montpelliéraine, en te proposant de goûter les raisins juste mûrs, plus tu trouvais la région quelconque, la capitale provinciale et les raisins acides... Voilà ce qu'on entendit, certains soirs, à Versailles, au moment où il décida de vendre Clarou, quand il laissa enfin percer une rancœur jusque-là muette, alors que toi, paradoxalement, tu défendais pour nous, pour nos souvenirs, et peut-être pour toi, le maintien de la propriété dans la famille. Car tu t'y étais peu à peu habituée, peut-être même attachée, à cette solide folie de vignerons, abritée derrière ses arbres centenaires... Je n'irai pas jusqu'à dire que tu la trouvais jolie ; cette architecture présomptueuse de maître de chais choquait ton classique goût parisien mais tu l'avais prise en affection, cette romantique bâtisse en lierre avec sa tour carrée et sa terrasse centrale. On dit même que quelques années après ton mariage, tu avais fini par marquer le désir d'y mettre ton empreinte et ton beau-père ravi avait accepté de troquer les raides fauteuils bonne femme contre un salon plus confortable, de remplacer les vieux velours fin de siècle par des tissus provençaux plus gais. Très vite, la maison s'était mise à retentir des mêmes rires que ceux qui résonnaient rue de Grenelle. Je n'étais pas né alors, Bernard non plus ; il s'agit de cette partie obscure de votre vie commune que seule peut raconter Léontine, l'ombre chinoise de ta vie, où chaque soirée était l'occasion d'un de tes récitals de piano, où Fernand Derruau jouait Cyrano sous ton balcon, « Je ne suis qu'une ombre et vous, qu'une clarté »... Alors que seuls les grillons incultes troublaient le silence d'un parterre ému et attentif, Léontine passait le café et la tisane dans la douce tiédeur des nuits estivales. De jour comme de nuit, raconte-t-elle, vous partagiez, avec les Derruau, les Pujol et les Fabre, les plaisirs de la vie languedocienne : les excursions sur les rives de l'Hérault pour aller déguster les fameuses écrevisses de Valleraugue, les virées en voilier sur l'étang de Thau où, avec l'impudeur des garçonnes, vous osiez les premiers deux-pièces laineux, la traversée du désert du Larzac pour aller passer la nuit chez Henri de Fabrèges, propriétaire lunaire des ruines de La Couvertoirade recevant à la torche les quelques aventuriers montés jusqu'au plateau... Mais les plus proches étaient sans doute les Derruau ; Fernand avait vu mourir ton frère, Violaine était vite devenue une amie et une confidente et puis vous les retrouviez l'hiver à Paris, à la différence des deux autres couples qui habitaient Montpellier toute l'année, véritables barons de Caravette qui n'auraient jamais traversé la Loire sans déchoir. Léontine raconte encore que Fernand et Violaine étaient à tel point fourrés rue de Grenelle qu'ils lui donnaient même des étrennes au premier janvier pour le surplus de travail qu'ils lui causaient.

Toujours est-il que tu t'étais habituée au pays, aux brumes troubles qui montaient de la garrigue en été au plus fort de la chaleur autant qu'aux lumières d'hiver blanches et tranchantes, dépourvues du hâle outrancier qui, en août, teintait d'ocre les façades calcaires... Même si, après nos naissances, les étés à Clarou sont redevenus plus familiaux et plus tristes. La maternité semble vous avoir assagis. Ce n'est pas que vous ayez décidé tous les deux de consacrer ces deux mois à vos chères têtes brunes ; bien au contraire, nous étions libres comme l'air, livrés à nous-mêmes, à nos angoisses et à nos joies. Mais si les Derruau, et les autres surtout, étaient encore là, parfois, pour partager l'orangeade de cinq heures, c'en était fini des folles soirées et des équipées lointaines. Léontine ne cache pas que les liens s'étaient distendus, qu'il y eut même comme un froid entre Violaine et toi et que notre père ne chercha plus autant la compagnie de Fernand, lui préférant des amis versaillais plus récents. Que s'est-il passé ? On ne le saura peut-être jamais mais je veux croire que ma naissance a marqué un tournant dans votre vie.

Il y a eu l'installation à Versailles qui nous faisait quitter le flamboyant faubourg Saint-Germain pour revenir à une sage vie provinciale où le bridge remplaçait le fox-trot. Et puis surtout, c'est l'époque où André, à la mort de ses parents, s'est rêvé chevalier d'industrie. Abandonnant la forteresse de la CGA où il jouait les Adrien Deume pour un confortable salaire et un prestige honorable, il s'est mis en tête de reprendre la cimenterie des Malcuy, à Montpeyroux, véritable gouffre dans lequel il a englouti la fortune La Fresnaye sans le moindre remords. Plein d'énergie et de bonne volonté, plus obstiné que compétent, fier de poursuivre sur la voie de ses ancêtres qui, déjà, les menait à leur perte, il a surtout achevé de conduire la famille à la faillite. Il n'était plus question alors de jouer les parents pauvres face aux brillants Derruau dont la fortune ne cessait de s'accroître, d'être les éternels invités du charitable ami de toujours...

Enfin, je ne suis pas certain que Fernand ait partagé avec ton mari cette admiration sans nuances pour La Rocque. Oh, bien sûr, il aurait lui aussi volontiers collé au mur ces juifs d'anarchistes qui allaient brader la France au plus offrant. Il avait bien dû défiler avec les autres pendant les Ligues et peut-être même fait le coup de poing le 6 février avec plus de courage que mon pleutre de père. Comme tout le monde à l'époque, il appartenait à une droite musclée et intransigeante, mais il n'avait jamais adhéré au PSF et jamais compris l'enthousiasme d'André devant ce national-catholicisme. Plus tard, il racontait être resté perplexe devant ce personnage à la fois maréchaliste et résistant. Mais, pendant la guerre, ayant tous fui la zone occupée à Montpellier, ils avaient été contraints par les événements à retrouver un peu de la sociabilité qui les avait unis avant. Ils n'allaient pas les uns et les autres, sous prétexte de discordes passées aux raisons inavouées ou de dissensions politiques mineures, renoncer à fréquenter les quelques Parisiens égarés au milieu des vignerons enrichis de la plaine languedocienne. C'est uniquement comme ça qu'ils avaient renoué des liens polis, sans pour autant retrouver la chaleur des soirées du Clarou des années vingt.

Mais moi, les souvenirs qui me lient si fort à Jean, leur fils, ils datent d'après la guerre. Surtout, je me souviens avec netteté de ce dernier été avant la vente. Cet été 52, c'est d'abord la mort de Fernand, ce plongeon dans l'Hérault dont il n'est jamais remonté... Je revois encore Jean, devant ce trou béant creusé dans la terre assoiffée et caillouteuse du cimetière de Saint-Saturnin, la veste retournée par le mistral indifférent, entouré de sa mère, de ses sœurs et de nous tous, à nouveau soudés par le malheur. Mon père avait prononcé l'adieu à l'ami, avec toutes les banalités qu'il était convenu d'attendre de lui, en orateur satisfait et pourtant dépourvu de la moindre éloquence : un destin tragique, une vie écourtée, le sens de l'amitié et de la famille, un tempérament chaleureux... Ses mots se sont gravés dans ma mémoire, et je sentais avec Jean combien ils devaient sonner creux quand on perdait son père. Dans le fond, j'enviais cette souffrance aiguë qui le plongeait à dix-huit ans dans le malheur mais lui octroyait d'un coup la stature d'un héros tragique. Ce n'est pas Malcuy qui m'aurait offert un tel destin... Au moment ultime où les fossoyeurs allaient plonger Derruau dans les ténèbres, me distinguant du reste de l'assistance anonyme, le fils m'avait fait approcher de lui pour alléger sa peine, et à ses côtés je pouvais sentir retomber sur moi un peu de la fierté du drame, comme si je perdais mon père moi aussi. J'ai entendu le cercueil glisser le long des cordes rêches, heurter pendant la descente les bords secs et compacts de la fosse, avec ce bruit creux qui annonce déjà le vide à venir. Il m'a saisi par le bras et nous sommes partis, des larmes plein les yeux, nous enterrer au plus profond de la garrigue, affectant de vouloir nous isoler des regards et cacher notre premier chagrin d'hommes. Je communiais, en presque jumeau, dans ce déchirement filial. Ensemble, nous avons grimpé jusqu'au Rocher des Vierges puis, assis sur ce promontoire, nous avons regardé l'orage se lever et le jour se coucher, décidés à garder de cette journée un souvenir exalté et grandiose... Nous ne vous avons rejoints que tard le soir, chez les Derruau, pour retrouver une assemblée d'yeux rougis. Même toi, tu semblais exceptionnellement avoir pleuré. Violaine et ses filles restaient très dignes, mais n'attendaient que le départ de la foule attentionnée pour pouvoir se laisser aller au chagrin, dans l'intimité. Nous sommes rentrés à Clarou en silence.

Plus personne n'en a jamais parlé. Pourtant, ce fut sans doute l'un des motifs de la vente de Clarou mais, pas une fois, le drame ne fut évoqué dans les discussions qui précédèrent. Pour moi, c'est une drôle de rupture, cet été 52... Derruau, c'était le contraire de mon père. Là où l'un aimait briller, l'autre aimait rester modestement dans l'ombre. Là où l'un réussissait tout ce qu'il entreprenait, l'autre se fourvoyait dans des projets auxquels il était le seul à croire. Là où l'un manifestait amour, tendresse, affection avec l'excès d'un Méridional, l'autre contenait avec pudeur des sentiments si inviolables qu'on pouvait douter de leur existence. Je ne peux oublier nos années communes, à Jean et à moi, au collège Saint-Joseph, perdus en pleine Brie, sous l'autorité de sévères jésuites, lui pour atteindre l'excellence, moi pour m'extraire de la médiocrité. Chaque dimanche voyait les Derruau débarquer en famille dans la somptueuse Delage de Fernand qui emmenait son fils déjeuner à l'hôtel de la Boule d'Or, « la seule gargote convenable du coin », disait-il, habitué des plus grands restaurants parisiens. Moi, j'ai attendu mon père en vain ; certains dimanches, je te voyais descendre du car, tu avais pris le train et tu venais adoucir un spleen que j'avais déversé avec lyrisme dans les lettres de la semaine, adressées à ton seul nom. A-t-il seulement su combien j'étais malheureux ? Peu importe d'ailleurs, je ne suis pas certain que j'aurais souhaité le voir arriver dans sa vieille guimbarde pour m'emmener pique-niquer au bord de la rivière de quelques sandwichs rassis..

C'était la pleine période de vaches maigres. Il s'entêtait à faire survivre la cimenterie de Montpeyroux qui errait entre deux faillites annoncées au point d'être surnommée entre nous le vaisseau fantôme. Pendant cette courte décennie de la fin de la guerre à l'automne 52, la mort des grands-parents La Fresnaye lui avait permis de maintenir un semblant d'activité en vendant les uns après les autres les immeubles boulonnais qui faisaient ta fortune pour nourrir le capital d'une société condamnée, mais nous, nous n'avions plus les moyens que d'apprendre à masquer notre ruine par un orgueil de classe. Je me souviens même de ce dimanche où, m'étonnant que tu ne portes plus ta bague de fiançailles, j'ai compris à ton regard qu'elle avait été engloutie avec le vaisseau fantôme... Bref, nous manquions de tout et il exaltait cette pauvreté temporaire comme un signe de fortune à venir, persuadé que toute satisfaction a un prix, que toute réussite mérite effort, pétri de culpabilité judéo-chrétienne. C'est sans doute comme cela aussi qu'il a compris la mort de Derruau : une telle fortune ne pouvait être qu'un fétu de paille, vite destiné aux flammes puis aux cendres.

A ce moment-là, en tout cas, celui-ci faisait dans mes rêves office de père, et d'un père plus glorieux que le mien. Régulièrement, en semaine, il venait extirper au père Pardonnat le droit d'emmener Jean à la Boule d'Or pour satisfaire le seul plaisir d'un père de dîner entre hommes avec son fils, le seul caprice d'un fils d'obtenir une permission extraordinaire. Le plus souvent, il arrachait l'autorisation pour deux et m'emmenait avec eux. Nous dînions tous les trois près de la cheminée, dans la grande salle commune de l'hôtel recouverte d'un papier peint sombre aux motifs Louis XV, sous le lustre en sarment de vigne, servis par la vieille mère Noël qui connaissait les goûts de chacun. Le menu variait peu : après une bonne tranche de terrine de lièvre au porto, elle nous avait en général réservé un peu de bœuf en croûte, de carbonade ou de daube, et nous finissions après l'inévitable brie de Meaux, fierté de la région, par une part de tarte au sucre. Nous étions nourris pour la semaine et supportions mieux les bouillons aqueux au vermicelle et les côtes de porc calcinées qui faisaient notre ordinaire. Surtout, ce dîner entre hommes s'achevait toujours par une brève station dans le petit salon où Derruau nous proposait un armagnac et un cigare cubain que nous n'osions refuser malgré le repas déjà lourd, tellement fiers de sentir reconnaître notre virilité naissante. Il nous raccompagnait ensuite à la grille de la pension ; rien d'essentiel ne s'était dit, mais le rite s'était accompli et, brutalement sortis de l'enfance, légèrement étourdis dans la brume du parc, en entendant le bruit sourd de la Delage qui s'éloignait dans la nuit, nous nous prenions l'un et l'autre pour le Grand Meaulnes... Il avait toujours agi ainsi avec moi, servant fidèlement l'amitié quasi fraternelle qui me liait à Jean. A l'époque où plus petit, pour rester avec toi quand les autres partaient à l'école, je m'étais inventé une faiblesse bronchique qu'aucun médecin ne parvenait à expliquer — et pour cause —, tu avais dû te résoudre à m'envoyer deux étés de suite à La Bourboule au milieu des petits asthmatiques. Rude punition que ces mois passés loin de toi quand j'aurais pu être à Clarou et où, entre deux séances de bains, je couvrais ce papier à lettres que tu avais glissé dans mon sac, avec les enveloppes pré-remplies, de ce même spleen que j'ai connu plus tard en pension... Jusqu'à ce que je finisse par m'échapper du sanatorium pour venir vous rejoindre, éveillant la colère d'un père excédé, nourrissant l'inquiétude d'une mère coupable et la compassion d'un ami fidèle. De ce jour, Jean avait obtenu de Derruau de monter une fois par semaine jusqu'à La Bourboule pour me voir et adoucir des séjours qui me semblaient ne jamais finir. Seul réconfort que mon intrépidité désespérée avait pu arracher. Mon père, au contraire, n'avait rien voulu entendre, sourd à toute tentative d'explication de ce qu'il prenait pour un caprice. Après m'avoir ramené au centre de cure qu'il avait payé, il était redescendu sans un mot s'occuper des ciments de Montpeyroux. C'est à cette époque que j'ai commencé à jalouser Jean et à désirer faire l'échange de nos pères respectifs, conscient que je ne pouvais rien attendre du mien qui ressemblât à ce que Derruau pouvait me donner... J'enviais les pantalons de golf de Jean quand, à table, je profitais de ma serviette pour enserrer mes genoux gelés, sa casquette en tweed quand je passais l'hiver avec des engelures aux oreilles, ses chemises anglaises toujours neuves quand j'héritais chaque année des nippes usagées de Bernard. Hélas ! J'étais et je suis resté un Malcuy, même si je ne ressemble à aucun des convives de cette table.

On apporte le fromage ; un repas sans fromage est une belle à qui il manque un œil, rappelle rituellement Odile. Le plat effectue un parcours byzantin pour suivre l'ordre protocolaire. Je n'ai plus suivi les interminables discussions sur l'organisation des mariages de nos tourtereaux. Je ne serais, de toute façon, pas intervenu pour donner un avis indifférent et inutile. Pour l'essentiel, tout est réglé, ce ne sont pas les premiers mariages de la famille et Isaure reprendra les fiches du précédent pour s'adresser au même traiteur, au même fleuriste, au même imprimeur, au même curé... Je me sers d'un brie décevant qui n'a pas la saveur de celui de la Boule d'Or. Tu les verrais s'extasier sur ces produits pasteurisés pour citadins qui n'ont jamais rien goûté d'autre. Qui, d'ailleurs, autour de cette table, peut se targuer d'avoir vécu autre chose que cette médiocrité héritée des Malcuy ? Heureusement qu'ils multiplient les signes d'appartenance à cette bourgeoisie ruinée ; pour un peu on les croirait comme les autres. Mais je vais leur dire, moi, que je suis différent. S'ils n'ont jamais voulu le voir, il va bien falloir qu'ils l'entendent... Vient le dessert, et si Isaure ne sait pas cuisiner, elle sait faire les gâteaux comme personne, ou plutôt comme toute jeune fille de bonne famille qui a commencé, dès quinze ans, à fabriquer des quatre-quarts pour les fêtes paroissiales. Son paris-brest est un petit Jésus en culottes de velours ; l'expression est venue de Philippe avec ce petit sourire en coin qu'il arbore pour compenser le blasphème. Je savais bien qu'on y aurait droit ; il est des phrases ainsi qu'on attend nécessairement au détour d'une réunion familiale et sans lesquelles celle-ci garderait un petit goût d'inachevé, comme s'il avait manqué quelqu'un. Pour compléter le tout, pour faire vraiment comme si de rien n'était, il aurait fallu trinquer au tableau de l'oncle François, ce grand-oncle excentrique qui avait cru toute sa vie posséder un Botticelli et assurer grâce à lui la fortune de la famille. On aurait dû ainsi lever nos verres une nouvelle fois aux trois Grâces qui continuent de trôner dans ta salle à manger par fidélité au rêve. Mais ce serait déplacé, on ne trinque pas un jour d'enterrement.

## Chapitre quatre

Le droit d'aînesse lui conférait en échange le lourd devoir, qu'il redoutait depuis le matin, de répartir les meubles de sa mère entre les trois enfants. Elle avait laissé ses dernières volontés dans ce petit cahier rouge qu'il tenait désormais entre les mains. Cela faisait plus de dix ans qu'elle l'avait prévenu de l'existence de ce cahier et qu'elle lui avait indiqué l'endroit où elle le rangeait soigneusement chaque fois qu'elle y avait apporté une modification, même minime. C'était devenu un jeu pour elle et une manière de se survivre que d'organiser ainsi le partage qui dépècerait la villa Bachelin après sa mort.

Chez eux, le déjeuner s'était prolongé et il avait fallu qu'Isaure rabatte avec fracas les rallonges de la table de salle à manger, range ostensiblement les tasses à café dans la vitrine, pour que leurs enfants, petits-enfants, neveux et nièces finissent par secouer la torpeur qui les avait saisis après le repas. Alors que tous devaient naturellement aspirer à faire tomber cravates et carrés Hermès, à s'affaler devant quelque feuilleton télévisé indigent, ils se sentaient pris d'une inertie dont personne ne voulait sortir le premier. L'aigreur avait beau monter dans les couples, les larmes éphémères des enfants se transformer en pleurnicheries inconsolables, quelques remarques acerbes fuser entre cousins, on était bien ensemble à répéter les mêmes gestes, à partager les mêmes manies, à ressasser les mêmes blessures. Les uns après les autres, ils avaient cependant fini par s'extraire de cet irritant engourdissement.

Pendant qu'ils finissaient tous les deux de mettre de l'ordre dans la maison, Odile était partie devant pour ouvrir la villa Bachelin, accompagnée de Fatima comme prévu, et de Léontine. Celle-ci s'était jointe à elles, trop heureuse de mettre une dernière fois ses robustes quatre-vingts ans au service d'une maison qui avait été si longtemps la sienne. Après avoir appartenu à cette famille pendant près de cinquante ans, elle avait bien mérité d'être là, jusqu'au bout de cet ultime après-midi, avant que la maison ne soit fermée et vendue. Non qu'on eût réellement besoin d'elle aujourd'hui où Fatima aurait suffi pour servir le thé, mais Bernard n'avait pas eu le courage de repousser sa muette supplique. La retrouver dans la cuisine, c'était croire encore pouvoir entendre la voix de sa mère, c'était espérer pérenniser les secrets désormais caducs d'une longue complicité. En plus, si elle était d'accord, elle ne serait pas de trop pour seconder Odile dans le tri et les rangements qui devraient suivre, une fois que chacun aurait récupéré sa part d'héritage. Leur mère aurait sûrement apprécié que pour plonger une dernière fois dans le remous de sa vie, pour découvrir peut-être quelque débris d'un passé naufragé, sa fille fût accompagnée de celle qui avait tenu toute sa vie le rôle de confidente. Il était très fier de cette idée qui lui éviterait une corvée pénible et dont il appréciait surtout l'extrême délicatesse. Aucune main étrangère, curieuse ou même hostile, ne viendrait fouiller dans l'intimité de sa mère.

En arrivant villa Bachelin, Isaure avait rejoint la cuisine, où sa belle-sœur préparait le plateau à thé. Fatima rinçait les tasses en limoges du service d'apparat et Léontine les essuyait. Odile avait retrouvé dans le bahut basque de la salle à manger la boîte à gâteaux remplie de nonnettes destinées aux petits-enfants qui venaient le mercredi et Isaure chargeait le sucrier en buis tourné. Il était monté dans la chambre de sa mère et avait ouvert le lourd secrétaire Empire sur lequel il avait si souvent vu sa mère répondre aux faire-part de mariage, de naissance. Comme il s'y attendait, il avait trouvé au fond du tiroir central, sous un tas de cartes postales naïvement jetées là pour feindre une cachette, le fameux cahier rouge. Il n'avait pas osé l'ouvrir avant les autres et une fois redescendu au salon, il avait dû avec sa femme et sa sœur attendre les Michel qui tardaient à les rejoindre. Ce dernier avait ressenti le besoin de passer chez lui pour échanger sa veste contre un confortable gilet de laine. Bernard ne comprenait rien à ces caprices de fils préféré que son frère ne pouvait s'empêcher de faire survivre à la disparition de leur mère. Il faisait d'excédés va-et-vient de la commode tombeau au bureau dos-d'âne qu'encadraient les deux fenêtres ouvertes sur le parfum entêtant du seringa. Chaque fois, il tendait le cou, espérant voir s'ouvrir le portail vert.

— Assieds-toi donc, Bernard, tu me donnes le tournis, se plaignit Odile. Tu les entendras bien arriver, cette grille fait un bruit de tous les diables. Je t'ai d'ailleurs demandé plusieurs fois cet été d'y mettre un peu d'huile, je te rappelle. Ce n'était quand même pas à moi, ou à Fatima, de le faire !

— Oui, eh bien, maintenant, les prochains propriétaires n'auront qu'à s'en charger...

— Tu ne vas pas laisser ça dans cet état, d'autant que ce serait un motif pour faire baisser le prix. Tu ne connais pas les acheteurs. Moi, quand j'ai vendu mon petit appartement de la rue Albert-Joly, tout était bon pour discutailler, jusqu'à la couleur du carrelage des sanitaires... Enfin, j'ai compris ce qu'il me reste à faire, j'appellerai le mari de Fatima ; c'est un très brave type, Celestino, on peut tout lui demander. Je verrai s'il ne peut pas venir dimanche, ou passer un de ces soirs à l'heure où il débauche, comme il dit. Il huilera la grille...

— Parfait, voilà déjà un problème liquidé, parce que moi, j'aurai d'autres soucis en tête ; ce n'est pas le travail qui va manquer pour régler la succession — Dieu sait pourtant qu'elle n'avait plus grand-chose, la pauvre maman — et, comme d'habitude, je ne vais devoir compter que sur moi-même. Je peux toujours attendre si j'espère un coup de main de ton frère.

— Ne sois pas trop dur, lui suggéra doucement sa femme, surtout aujourd'hui. Tu sais comme cela doit être pénible pour lui.

— Et pas pour nous, peut-être... Tu crois que j'ai envie de l'ouvrir, moi, ce cahier ? C'est un peu facile de croire qu'il est le seul à souffrir. Pour ça, il a toujours été très habile d'ailleurs ; maman elle-même s'y est laissée prendre toute sa vie.

— Ce n'est pas ce que je pense, et tu le sais bien. Calme-toi, assieds-toi avec nous. Veux-tu que je te serve un peu de thé ? Ça les fera arriver.

— Je te remercie, je peux attendre.

— Ecoute, Isaure, puisque tu le proposes, reprit Odile, moi, je ne dis pas non. Il fait une telle chaleur, ce déjeuner m'a toute déshydratée... Oh, ce n'est pas ce que tu nous avais préparé, bien sûr. C'était délicieux au contraire, et très frais. Exactement ce qu'on a envie de manger en ces fins d'été orageuses. Non, ça doit être le temps. Autant à Clarou, les grosses chaleurs étaient supportables, autant ici à Versailles, c'est intolérable. L'humidité, peut-être...

Isaure s'était levée et s'apprêtait à servir Odile pendant que Bernard se penchait une dernière fois à la fenêtre avant de se résoudre à venir les rejoindre et à se laisser tomber dans l'un des fauteuils qu'il avança un peu ; c'était un tic chez lui, comme s'il ne supportait pas leur ronde solennelle autour du salon.

— Fais donc attention, Bernard. Combien de fois maman t'a dit de ne pas te jeter comme ça dans les fauteuils ! Ces dossiers plats sont costauds, mais tout de même...

— Le tapis hurle, Bernard, lève-toi, renchérit Isaure, tu vas l'abîmer.

Quatre heures sonnaient au cartel d'André. Avec l'inévitable retard qu'il prenait chaque semaine avant d'être remonté, il était même un peu plus et Bernard n'en pouvait plus d'attendre. Non qu'il eût réellement envie de connaître ce que sa mère lui avait laissé mais il était à la fois curieux et inquiet de savoir ce qu'elle avait donné aux autres. Il voyait Odile nouer ses jambes dans un sens, puis dans l'autre, et il savait bien qu'elle avait beau s'en défendre en bavardant avec Isaure, elle avait la même appréhension. Il ne faisait aucun doute que Michel, lui aussi, redoutait ce moment où, après des années de sentiments indéchiffrables, ils évalueraient enfin, à l'aune du lot qui leur était attribué, l'affection que leur mère leur portait. Par son silence implacable, elle leur avait laissé la liberté de recomposer une symphonie aux partitions inégales, dont chacun était persuadé de jouer le rôle mineur. Tous les trois craignaient sûrement aujourd'hui de voir se confirmer ce qui pouvait n'être encore que rivalités infantiles d'une fratrie irréconciliable... Lui, en tout cas, il savait bien qu'on verrait enfin apparaître au grand jour l'amour exclusif qu'elle portait à Michel. Et celui-ci qui n'arrivait pas...

Enfin, la grille grinça et l'on entendit approcher sur le gravier le pas endeuillé du frère retardataire, immédiatement suivi de celui plus sautillant de Catherine. Odile était allée ouvrir ; elle retrouvait les réflexes de la fille de la maison qu'elle était restée bien longtemps après leur départ à eux. Revenus au salon, tous prirent place et un très bref silence tomba qu'Odile s'empressa de rompre.

— Cette journée ne t'a pas trop fatigué, Michel ? Tout ce monde, les enfants...

— Ça va, répondit-il laconique.

— Il a bien supporté, s'empressa d'ajouter Catherine pour masquer le malaise que la mine suppliciée de son mari provoquait. C'était très sympathique, d'ailleurs. Quel courage vous avez eu d'organiser ce déjeuner ! Isaure, nous ne te remercierons jamais assez. Cela nous a fait bien plaisir de revoir tous ces jeunes ménages. Ça faisait une éternité... Je crois que ça remontait au baptême de Bérengère. Elle est devenue bien mignonne, cette petite, d'ailleurs. Elle ressemble beaucoup aux deux aînés, mais elle est peut-être encore plus Malcuy. Si c'est possible... C'est le portrait de Bernard.

— C'est vrai, et le plus incroyable, c'est qu'elle a déjà à son âge ce nez droit qui est vraiment la marque de fabrique de la famille...

— Qu'est-ce que tes enfants et tes petits-enfants se ressemblent en tout cas ! Ton mari ne peut vraiment pas les renier. Ils sont tous signés.

— Ah ça, c'est le moins qu'on puisse dire... On verra ce que nous donnent nos deux jeunes ménages de l'automne prochain mais il y a des chances pour qu'eux aussi nous fassent des petits Malcuy. Nicolas et Bénédicte ressemblent tous les deux tellement à Bernard. Il faut dire que le physique Malcuy est vraiment marqué. C'est un peu moins vrai chez vous ; normal, car, au contraire de Bernard, Michel ne ressemble pas du tout à son père. Il est complètement La Fresnaye. Et puis, sur le nombre de petits-enfants que tu as, toi, cela passe peut-être inaperçu. Ta petite dernière d'ailleurs — Alice, si je ne me trompe — a bien grandi, elle aussi.

— Oh oui ! Et elle est coquine, tu n'imagines pas. Cette petite est déjà touchée par le péché, comme disait mon beau-père...

Pendant qu'Isaure et Catherine comparaient ainsi leur cheptel respectif et se congratulaient mutuellement, Odile servait le thé à Bernard et Michel. Celui-ci s'était assis dans le second dossier plat et les deux frères se faisaient face. L'un et l'autre tournaient avec application leur cuillère en vermeil dans leur tasse, faisant mine de se concentrer sur le sucre qui fondait. A ce petit jeu de patience, Bernard se lassa le premier sans oser pour autant attaquer de front le partage. Il aurait voulu que, pour une fois, son frère évite de compliquer la situation et qu'avec simplicité il l'invite à ouvrir le cahier et à le lire, afin que l'épreuve ne s'éternise pas. Rien de tel évidemment ; Michel n'avait ni l'intention de soulager son frère, ni l'envie de montrer le moindre intérêt pour les biens de ce monde, alors que le chagrin l'emplissait tout entier. C'est finalement Odile qui, ayant achevé de servir le thé, s'assit dans le petit cabriolet de tante Jeanne, cette vieille tante célibataire dont André avait hérité après s'en être occupé à la fin de sa vie, et osa :

— Ce qui nous réunit n'est pas bien drôle mais si nous ne voulons pas y passer la nuit, il faut peut-être nous y mettre dès maintenant.

— Tu as raison Odile, ajouta avec calme Isaure. Cela ne retirera rien à la peine que nous éprouvons tous de faire de la maison un sanctuaire.

— Au contraire, renchérit Odile, vidons-la et vendons-la au plus vite, que le souvenir de maman ne soit plus entaché par tous ces soucis matériels, tous ces petits tracas inévitables.

— Tu es bien pressée d'en finir, Odile. Laisse au moins aux objets le temps de se défaire de l'odeur de maman, attends un peu que la maison ne soit plus imprégnée de sa présence. Je crois encore l'entendre marcher au-dessus. Je saurais dire quelle est la latte du parquet qui va craquer avant qu'elle n'ouvre la porte de sa chambre pour descendre nous rejoindre.

Odile baissa les yeux, blessée, gênée d'avoir pu laisser croire un instant que l'appât du gain était plus fort que la peine. Bernard savait bien qu'il n'en était rien et que s'il y en avait un parmi les trois qui pouvait se montrer intéressé, c'était plutôt Michel. Odile était un peu brutale parfois, toujours directe et souvent maladroite, et si elle était pressée aujourd'hui, c'était sûrement de se libérer de cette oppression qui l'étreignait lui aussi à devoir ouvrir le cahier testamentaire. Mais à l'inverse de Michel qui avait toujours opposé aux difficultés une inertie inébranlable, Odile les affrontait dans le désordre et l'urgence. Bernard la regardait se taire, pitoyable dans son cabriolet, douchée par la méchanceté de son frère qui n'avait pas su résister à la tentation de la moucher une nouvelle fois. Depuis toujours, celui-ci la prenait pour une imbécile et il ne ratait pas une occasion de le lui signifier.

Bernard se souvenait comment ce grand frère, jamais remis de voir arriver dix ans après lui ce petit avorton, ne lui avait pas cédé le droit d'accaparer l'attention de leur mère. Ce tout petit nourrisson né pendant la guerre d'une mère affaiblie, mal nourrie, n'aurait d'ailleurs pas opposé une grande résistance à une mort qui s'annonçait. Pourtant, à force de dévouement et d'habileté, la mère avait permis à la fille de survivre, sacrifiant sa part pour l'échanger contre des tickets de lait. Michel déçu l'avait regardée grandir avec ressentiment, persuadé que tout ce que sa mère donnait à la petite lui était volé à lui. Enfant, il l'avait toujours considérée comme moins que rien, quand ils ne se mettaient pas à deux avec Jean Derruau pour la torturer, offrant un enterrement solennel à sa poupée préférée ou découpant bien proprement ses poissons rouges le long de l'arête centrale. Le nombre de fois où, dans la grande salle à manger de Clarou, Bernard l'avait sentie ravaler ses larmes, étouffer un chagrin légitime que des adultes peu impressionnés ne voulaient pas voir s'étaler à table. Elle finissait alors en silence, en hoquetant des épaules, un bout de tarte à la rhubarbe dont l'acidité n'était pas que celle des fruits, pendant que Michel souriait triomphant. Adulte, celui-ci avait multiplié les réflexions acerbes, saccageant la confiance de sa sœur et la privant d'un droit naturel à commémorer un passé commun, sous prétexte qu'elle avait dix ans de moins. Il prenait un air narquois dès qu'elle évoquait le moindre souvenir et devenait même féroce quand elle osait rappeler son enfance à Clarou. Il s'amusait ainsi à l'ébranler, cherchant à la faire douter de son appartenance à la famille, se rassurant peut-être lui-même et jaugeant à l'effet de ses traits moqueurs sur sa sœur un pouvoir de manipulation qu'il savait pouvoir exercer également sur leur mère. Odile continuait, aujourd'hui encore, à baisser les yeux devant la cruauté de son frère et Bernard avait beau se désoler pour elle, il n'aurait voulu pour rien au monde s'élever contre ces injustices fratricides. Comme d'habitude, il préférait refuser de prendre position entre les deux afin de maintenir une neutralité bienveillante qui ne l'honorait peut-être pas mais qui était la condition même de sa tranquillité. Aujourd'hui pourtant, il sentait que celle-ci serait durement malmenée ; or, il avait horreur de ça. En plus, en fils aîné, il se sentait responsable de l'apparente unité du clan qui avait toujours fait l'admiration des étrangers et que sa mère avait mis tout son art à façonner. Il fallait éviter à tout prix les disputes qui feraient mauvais genre. Peu importe qu'ensuite chacun parte avec ses rancœurs et ses rancunes, qu'il les nourrisse dans le silence et la solitude, rien ne devait transpirer de ces sentiments inavouables.

— Peut-être est-il temps, en effet, de prendre connaissance des dernières volontés de maman ? Vous le savez sans doute, elle a laissé dans son secrétaire un petit cahier rouge dans lequel elle a indiqué comment elle souhaitait répartir ses biens, essentiellement ses meubles. C'est, avec la maison, tout ce qui lui restait, pauvre maman... Je ne l'ai pas ouvert, personne n'en a jamais pris connaissance et elle n'en a pas donné copie à un notaire. Je me vois donc dans l'obligation de vous demander en premier lieu si vous êtes d'accord pour vous plier à ces exigences informelles.

Il avait trouvé la parade à l'émotion qui l'étreignait et aux conflits latents qui les menaçaient ; il lui fallait employer un ton strictement juridique qui lui conférerait une autorité tout artificielle mais qui en imposerait, au moins dans un premier temps, à son frère. Celui-ci en effet avait beau jouer les esprits libres, il le savait impressionné par la fermeté anonyme du droit.

— Bien entendu, répondit Odile, désirant faire amende honorable après cet élan d'impatience qui lui avait valu la réflexion de son frère.

— Evidemment, répéta Michel, je donne mon accord de principe. (Très intelligemment, il avait aussitôt compris que se saisir lui aussi d'une langue codifiée leur éviterait de se parler.) Mais avant, j'aimerais savoir ce que nous ferons si la valeur vénale des lots décidés par notre mère est très éloignée de la valeur sentimentale qu'elle n'aura pas manqué de privilégier en établissant le partage.

— C'est bien là le problème, Michel. Et il n'y a que deux solutions : ou nous acceptons sans discussion ce que maman a cru bon de faire pour nous, ou nous jetons ce carnet sans l'ouvrir et faisons venir un expert.

— Tu sais que, comme vous deux, je désire avant tout suivre les volontés de maman. La question méritait pourtant d'être posée.

— Certes, c'est intéressant mais, dans la mesure où nous sommes tous les trois d'accord, à quoi bon compliquer les choses pour le plaisir ?

— D'autant que je suis bien sûre que maman aura fait ça avec autant d'intelligence que de sensibilité et qu'elle aura tenu compte de la réflexion que tu ne pouvais manquer de faire.

— Qui sait ce que maman aura fait, Odile !... Elle était bien plus compliquée que tu ne le crois...

— Quoi qu'il en soit, Michel, reprit Bernard exaspéré par le ton sentencieux de son frère, si nous sommes tous d'accord pour accepter ses dernières volontés, nous le ferons sans même en chercher le motif. Alors si tu veux bien, je vais peut-être commencer.

— Vas-y Bernard, lui souffla Isaure, assez fière de la manière dont son mari naviguait entre les écueils fraternels.

Il se sentait tout à coup intimidé comme un gosse qui profite de l'absence momentanée de sa mère pour fouiller dans ses affaires, espérant y trouver la réponse à des interrogations qu'il ne formule pas lui-même, la trace de la femme que sa mère est pour tout autre que lui. Les autres tendaient vers lui un regard anxieux. Il se résolut à ouvrir le cahier.

— « Mes enfants, je sais bien qu'il serait déplacé de faire ici de longs discours. Je vous ai dit tout ce que j'avais à vous dire et si je n'ai pas fait tout ce qu'il fallait, il est trop tard aujourd'hui... »

Odile écrasait une larme et Michel baissait sa mine suppliciée, le regard porté sur son mocassin bien ciré qui battait le tapis. Catherine posa la main sur son genou nerveux et il arrêta un instant de l'agiter pour reprendre aussitôt. Bernard, qui espérait trouver dans ce cahier une explication à cette impression vague d'incompréhension qu'il avait toujours eue face à sa mère, se sentait un peu floué. Mais ce sentiment confus qu'il y avait en leur mère un secret à percer n'était peut-être finalement que pure chimère de trois enfants en quête de tendresse. Cette raideur maternelle, que n'avait jamais complètement adoucie la conversion pourtant réussie de Marie en grand-mère attentionnée, ne cachait sans doute rien d'autre qu'une éducation stricte et un tempérament trempé. Bernard, comme toujours, préférait trouver à sa mère des justifications qui lui épargnaient le poids d'une rancune coupable.

— « ... Vous ferez ce que vous voudrez de ce que je vous laisse, mes enfants chéris, mais avant de disparaître, je voulais vous faire part de quelques souhaits qui me tiennent à cœur. S'ils vous semblent incongrus, n'en tenez pas compte, je ne serai plus là pour le voir ou pour vous en vouloir... »

Bernard s'était arrêté la gorge serrée et il but d'un coup sec une gorgée de thé pour masquer le sanglot qui l'étranglait. Il ne pouvait pas décemment montrer aux autres à quel point il souffrait, même si Michel et Odile faisaient en face de lui des efforts similaires pour éviter les simagrées du chagrin. Il reprit sa lecture :

— « ... Je voudrais juste répartir entre vous quelques objets qui ont pour moi une valeur sentimentale. Je commencerai par Bernard. Je souhaiterais qu'il prenne les quelques meubles qui viennent de l'hôtel des Trésoriers de la Bourse : la grande armoire provençale de l'entrée et la commode tombeau du salon. André les tenait déjà de son père, ce sont des meubles qui sont depuis longtemps dans la famille Malcuy et votre père aurait aimé qu'ils reviennent à son fils aîné. Je désirerais également léguer à Bernard la fontaine en faïence de Montpellier ainsi que le grand bureau plat Louis XV d'André. Je pense de toute façon qu'il est le seul à pouvoir le mettre chez lui. Votre père qui l'aimait pourtant beaucoup reconnaissait que c'était un " encaistre ", comme on disait chez lui... »

Même au-delà de la mort, il fallait encore qu'elle montre de l'étonnement, et peut-être même une certaine ironie envers cette irruption du patois dans le français pourtant policé de sa belle-famille. Bernard pouvait faire une pause et relever cette acrimonie systématique de sa mère, rasséréné par la part prestigieuse qu'elle lui avait réservée. Il héritait des très beaux meubles de ses grands-parents Malcuy, de ceux qui étaient pour lui les plus représentatifs de l'intérieur bourgeois de l'hôtel des Trésoriers de la Bourse où, avec eux, il avait vécu la guerre. Il n'était pas près d'oublier ce dimanche de mai 40 où, revenu en traînassant d'une sortie de louveteaux dans le parc du château, il avait trouvé sa mère en chapeau qui l'attendait pour partir tandis que les autres s'étaient avancés vers la gare avec leur père. Les volets de la villa Bachelin étaient déjà clos alors qu'un tendre soleil printanier tapait encore, colorant la meulière d'un ocre presque méridional. C'était un de ces beaux jours qui semblent annoncer l'été à Versailles avant un mois de juin décourageant de pluie froide. Elle l'attendait devant la grille verte, la lourde valise en cuir posée à ses pieds. Il l'avait suivie et elle filait si vite vers la gare malgré le poids des effets jetés à la hâte dans les malles de l'exode que ses jambes de garçonnet l'obligeaient à courir pour la rattraper. Il tenait enfoncé son béret scout qui menaçait à chaque instant de les abandonner à leur destin bouleversé pour rester serein sur un trottoir versaillais, sans comprendre pourquoi l'Histoire s'accélérait tout à coup après des mois de piétinement, interrompant sans raison leurs jeux de piste dans les bosquets de la Reine.

Après un voyage que leur père avait qualifié de dantesque, il s'était retrouvé plongé dans la douceur méridionale qu'il n'avait jamais connue qu'à Clarou. Pendant quatre ans, il avait habité Montpellier, la ville de ses aïeux, et il avait apprécié de sortir de l'anonymat pour devenir « un fils ». En quelques mois, le cercle des familles fréquentables s'était refermé sur lui, l'englobant tout naturellement comme si son père n'avait jamais eu le mauvais goût de mépriser la province. Sa grand-mère avait fait le tour de l'Ecusson, les avait promenés au Peyrou et au jardin des Plantes, avait même daigné saluer toutes les vieilles de la place de la Canourgue qui passaient l'après-midi à commenter la gazette locale sur leurs bancs ombragés, faisant tout pour qu'on oublie l'accent pointu de ses petits Parisiens. Ils avaient repris peu à peu leur place sur l'échiquier montpelliérain, en pièces indispensables au bon déroulement de la partie mondaine. Comme son père trente ans plus tôt, il s'était disputé le radiateur de l'institution Bayrou avec les fils de la bourgeoisie locale, des avocats du barreau aux professeurs de médecine, enrichissant de son indolence cette pépinière de grands hommes. Pour lui, cependant, cette civilisation chantante où la bonhomie masquait l'entêtement, où le tragique s'évanouissait dans un bon mot, où des brouilles dont on ne connaissait plus l'origine continuaient de décider du salut qu'on rendrait ou non en descendant la rue de la Loge, conservait un exotisme séduisant... Il restait ainsi sous le charme de ces guerres de religion jamais éteintes, réveillées par des parpaillots obstinés, éternels descendants de camisards qui attisaient des querelles d'un autre âge dans des écoles communales plus que jamais laïcardes.

Mais il avait surtout partagé avec ses grands-parents Malcuy les heures tendues de la guerre où le conflit armé s'effaçait devant l'affrontement parental, sa mère souffrant de voir son mari courir défendre des causes politiques perdues plutôt que de se dévouer aux cimenteries de Montpeyroux. André, fasciné par La Rocque et exalté par la grandeur d'une France blessée qu'il lui fallait restaurer, délaissait la médiocre fabrique de famille. Or, Bernard était déjà assez grand à l'époque pour voir que ce ciment qui ne coulait plus signifiait le naufrage de la famille, et pas plus hier qu'aujourd'hui il n'était prêt à renoncer à la haute opinion sociale qu'il avait des Malcuy. Il comprenait donc bien l'inquiétude de leur mère dans ce bouleversement qu'était la guerre, où l'on n'était plus sûr de rien, où l'on ne pouvait plus compter sur la pérennité de valeurs pourtant culottées par le temps. Il était même prêt à accepter une irritation qu'elle ne cherchait plus à cacher mais il redoutait ces tensions que leurs dissensions d'adultes lui faisaient subir. Bernard se réfugiait alors dans le salon aux volets clos de ses grands-parents.

Sa grand-mère cousait, récupérant quelques coupons conservés dans l'armoire pour habiller ses petits. Les tissus avaient vieilli, les imprimés s'étaient démodés mais la toile était solide et le lainage épais. Ça grattait, disait Michel ; c'était toujours un peu grand, rajoutait Bernard, mais cela devait faire plusieurs saisons. On ne savait pas combien de temps « les boches » mettraient à foutre le camp... Chaque soir, on écoutait Radio Londres et il aimait entendre cette voix étouffée et nasillarde réunir une assemblée attentive. Son père, adossé à la fameuse commode tombeau qu'il héritait aujourd'hui, serrait ses poings crispés et vilipendait Pétain tout en condamnant de Gaulle. Pris en tenaille entre celui qui avait pactisé avec l'ennemi et celui qui s'était réfugié outre-Manche, il s'aigrissait en fait de n'avoir pu suivre La Rocque sous peine de déchirement familial, et réinventait la résistance qu'eux seuls auraient su mettre en place, dénigrant les choix tactiques des Alliés et imaginant des solutions plus expéditives. D'après lui, la guerre aurait pu finir au moins six mois plus tôt... Mais les réticences conjugales et maternelles lui avaient interdit de prendre sa part au conflit, d'entrer dans l'Histoire. On n'était pas une tête brûlée quand on avait des enfants. Pour le ligoter un peu plus sûrement, se disait Bernard, leur mère était même tombée enceinte d'Odile alors que depuis dix ans les risques de grossesses autres que miraculeuses n'existaient plus. Il avait toujours pensé que la perfidie féminine était illimitée mais, en l'occurrence, il était reconnaissant à sa mère, sans doute encore traumatisée par la mort de son propre frère, d'avoir empêché le départ, peut-être héroïque mais surtout dangereux, de leur père. Rien ne valait, même un peu confinée, même un peu factice, l'atmosphère d'une famille unie, il en restait convaincu aujourd'hui. Dans le salon de l'hôtel des Trésoriers, il avait ainsi l'impression que rien ne pourrait lui arriver même si, dehors, c'était l'apocalypse. Il avait autour de lui tous ceux qu'il aimait et la guerre n'existait qu'à travers cette carte de France où son grand-père piquait une punaise sur chaque ville reprise aux Allemands. L'enfant tenait dans sa paume la boîte où il piochait la punaise que son grand-père planterait en distinguant, entre deux grésillements, la ville qui venait de tomber. Bernard avait encore le goût de la punaise avalée quand son grand-père lui avait donné cette grande tape dans le dos qui célébrait l'entrée des chars de Leclerc dans Paris. Sa grand-mère avait pleuré, son père avait dû convenir de la victoire et sa mère, qui donnait le sein à Odile, avait poussé un soupir de soulagement. Le cauchemar finissait et elle allait pouvoir remonter à Versailles.

La capitulation allemande les avait surpris en train d'empaqueter leurs effets pour rentrer. Leurs grands-parents avaient nourri pendant toute la guerre le secret espoir que ce repli stratégique finirait par inciter André à se réinstaller définitivement dans la capitale languedocienne. C'était beaucoup plus simple pour s'occuper de Montpeyroux ; les enfants seraient au bon air — c'était important pour Michel qui était si fragile —, et mamie serait là pour seconder sa belle-fille. La naissance d'Odile avait impressionné leur grand-mère. Elle avait vu Marie épuisée et la petite leur avait donné de sérieuses inquiétudes. Et puis pour elle, si ce n'était déjà pas raisonnable de faire un petit en temps de guerre, de toute façon, trois enfants dans un pays malthusien, c'était une épopée... Mais jamais leur mère ne s'était laissé séduire par les lumières du Midi et Paris était à peine libéré qu'elle voulait réinvestir la villa Bachelin. Bernard, quant à lui, avait un peu regretté de retrouver la pluie fine et les trottoirs glissants. Pourtant peu nostalgique, il avait eu du mal à renoncer à l'hôtel des Trésoriers, à lâcher la main rassurante de sa fière grand-mère, et il était assez reconnaissant à sa mère aujourd'hui de lui permettre de renouer avec cette parenthèse montpelliéraine.

Quand bien même Isaure chargerait l'armoire d'un linge sans souvenirs, il l'ouvrirait toujours sur un parfum de lavande séchée, imprégnée qu'elle était de l'odeur des bouquets que mamie glissait chaque année entre les draps en lin rêche. De la commode tombeau aussi surgissait le passé, du tiroir à jouets que mamie ouvrait pour Michel au grand dam de leur grand-père irrité de voir ces enfants envahir le tapis du salon. Irritation bien légitime, pensait aujourd'hui l'homme de soixante ans. Sur cette même commode était posée discrètement, un peu en retrait de la pendule-lyre, une boîte en cristal remplie de réglisse d'Uzès, et Bernard, vorace, dès qu'il avait pu l'atteindre, ne pouvait traverser le salon sans en saisir une poignée. Protégé par ce noyer profond où s'abîmaient les rayons du soleil couchant, il avait oublié la guerre et ses morts, mais surtout il s'était senti à l'abri des persécutions odieuses de son frère qui n'avaient fait qu'empirer après la naissance d'Odile. Celui-ci ne pouvait supporter de voir sa mère risquer de lui échapper. Même Minette, la chatte tigrée, avait fini dans le Lez, de crainte qu'elle ne s'octroie une part trop grande de la tendresse de leur mère.

Quand Bernard était remonté à Versailles, il avait eu à subir sans rempart l'agressivité de ce frère torturé dont il était incapable de comprendre les méandres complaisants. Il pouvait bien dire maintenant combien il avait souffert de partager sa chambre avec cet insolent paranoïaque. Lui qui avait horreur des histoires, il devait chaque jour se défendre contre les complots ourdis par son frère, justifier d'une conduite condamnée à tort par sa mère sur les seules accusations de celui-ci. Il se souvenait ainsi de ces sempiternelles disputes sans motif, où son frère, narquois, multipliait les remarques acides jusqu'à ce que, n'en pouvant plus, il lançât un poing, un pied ou un coussin rageur qui visaient Michel sans toujours l'atteindre. Que celui-ci se tînt la tête entre les mains, cachant une bosse hypothétique, ou que la lampe de chevet fût gisante sur le sol, l'abat-jour de guingois, il savait ce qui l'attendait. Son frère le toisait d'un air étincelant avant de fondre en larmes bruyantes. Leur mère, alertée par le bruit, se précipitait pour réprimander l'aîné et consoler le second, invariablement. C'est là que la bonhomie pleine de bon sens de mamie lui manquait, car jamais elle n'était entrée dans le jeu de l'irritant cadet et de la mère abusée. Il regrettait tant l'affection simple de cette expansive grand-mère qui compensait les relations délicates que tissait son frère autour de lui. A chaque printemps, crispé par l'attente de bulletins scolaires que tous savaient mauvais, il aspirait à retrouver Clarou, havre de paix qui renversait provisoirement le souverain égoïsme de son frère. Michel partait alors toute la journée chasser le lézard accompagné du fidèle Jean Derruau, pendant qu'il partageait les orangeades antigaullistes qui feraient de lui un homme. Loin l'un de l'autre, ils feignaient de s'oublier quelques semaines et Michel, qui craignait le bon sens intransigeant de leur grand-mère, n'osait plus manœuvrer leur mère comme dans l'année. Mais le répit n'avait eu qu'un temps.

Il avait vu mamie s'éclipser en douceur après l'attaque de son mari, étendue dans la chambre en Jouy rose de Clarou qui, donnant au nord, gardait la fraîcheur d'une crypte. Tous les jours, il y montait, se persuadant que ce repos forcé n'aurait pas de fin, jusqu'à ce matin-là où son père lui avait parlé en homme : tout était fini et il lui conseillait de monter une dernière fois embrasser ce cadavre de cire, pour apprendre la mort. Le décès de mamie était comme une prémisse à l'engloutissement définitif d'un passé faussement éternel. A dix-huit ans, il avait saisi cette main raidie, caressé ces tempes grisâtres, paralysé de rencontrer le froid de l'au-delà. Il était redescendu après avoir surmonté l'épreuve initiatrice, mais déjà moins convaincu d'avoir à assumer les obligations de l'héritier. C'est la disparition de Clarou, la faillite attendue de Montpeyroux, qui avaient achevé de le couper de ses racines montpelliéraines en le privant brutalement d'un héritage auquel son père l'avait préparé. Il avait fait le tour des vignes comme celui des chantiers pendant toute son enfance, se destinant à maintenir en vie ce monde désuet. Il avait eu le sentiment qu'il lui suffirait de l'habiter pour que tout perdure sans effort, mais tout s'était volatilisé d'un coup, lui laissant l'impression curieuse que la vie demanderait désormais d'être inventée. Alors, si jusqu'en 52, il avait rêvé de redescendre dans le Midi protecteur, ensuite il avait renoncé à parcourir ce champ de ruines sur qui tombait la nuit. Il ne vivait pas comme Michel, imprégné du passé, et puisque tout était amené à disparaître, autant ne pas ressasser une nostalgie inutile. Maintenant, c'était à Rouvray, chez sa femme, qu'il s'était construit des habitudes. Aujourd'hui cependant, il n'était pas mécontent de renouer avec le sentiment qu'en tant qu'aîné il restait le gardien institué des miettes de l'héritage Malcuy, quelques meubles en souvenir d'une civilisation périmée, et il passait avec satisfaction sa main sur le noyer épais de la commode tombeau.

Michel et Odile marquaient des signes d'impatience. Ils avaient laissé à Bernard le temps de s'approprier l'offrande de leur mère en inclinant silencieusement la tête mais ils trouvaient sans doute maintenant qu'il tardait à les libérer de ce recueillement impie. Ils avaient hâte d'être éclairés sur leur part.

— « ... Je laisse à Michel le bahut basque et le corps d'horloge de la grande salle à manger de Clarou. Je sais combien il était attaché à la maison. Je voudrais également qu'il récupère *Les Trois Grâces* et les deux dossiers plats qui trônaient dans le salon de la rue de Luynes. Enfin, je tiens à lui donner le secrétaire

Empire de ma chambre, celui de mon frère tant aimé... »

Bernard avait surpris Michel rougissant de plaisir à la seule évocation de Clarou. S'il était heureux que sa mère l'ait associé à cette vieille bâtisse ocre ! Quel enfant ! Combien de fois avait-il surpris son frère assis sur ce même dossier plat, dans la pénombre du salon de la villa Bachelin, reprochant à leur mère de les avoir privés de ces murs du passé, sans prendre en compte les réalités de la vie qui avaient poussé leurs parents à se défaire raisonnablement de ce fardeau. Michel, qui pourtant ne ratait pas une occasion de se déclarer plus La Fresnaye que Malcuy, avait nourri pour la vieille demeure languedocienne une nostalgie des plus démonstratives... Il n'était pas un déjeuner du dimanche sans que, sous un prétexte ou un autre, il regrettât cet héritage de son père, lui qui se flattait pourtant de ne tenir de lui tout au plus qu'une légère inflexion de la voix. Enfin, Michel n'était pas à une contradiction près et il ennoblirait ces deux meubles rustiques en les parant de la magie du souvenir enfantin, faisant mine d'oublier, puisque sa mère avait servi d'intermédiaire, qu'ils lui venaient de leur père. Quant à Bernard, au simple gong de l'horloge, il aurait eu dans la bouche le goût infâme du filet de grenadier flottant dans une mare de légumes insipides, régime auquel les avaient soumis les premiers signes d'une goutte bourbonienne chez leur grand-père. Au moindre grincement de la porte de ce bahut basque échoué au pied des Cévennes, il aurait retrouvé la terreur qu'éveillaient en lui ses portes de sarcophage. Non décidément, si ces meubles étaient des vestiges de leurs vacances d'enfants, ce n'est pas lui qui les regretterait !

En revanche, il était un peu chagrin de voir partir *Les Trois Grâces* et les deux dossiers plats. Le tableau, comme les fauteuils, avaient un air aristocratique qui aurait bien convenu à son salon alors qu'ils n'iraient pas du tout avec le mobilier Empire des Michel. Les dossiers plats surtout auraient fait, comme ici, un ensemble ravissant avec la commode tombeau. La lumière qui devenait rasante venait mourir sur le fronton de la commode alors que les tapisseries des fables de La Fontaine étaient soudain réveillées par l'éclat doré du soir, et il lui semblait sacrilège de séparer ce qui avait été uni avec tant de bonheur par le mariage de leurs parents. Il savait bien ce qui avait conduit sa mère à commettre ce crime : cette manie injuste qu'elle avait de voir, en Michel exclusivement, le digne rejeton de l'auguste lignée des La Fresnaye. Dieu sait si lui avait pu souvent les trouver poseurs et prétentieux, ces Parisiens du faubourg Saint-Germain, s'il avait préféré les bottes crottées et volontaires de son père, les saillies fières et bonasses de sa grand-mère paternelle. Tout cela était tellement moins factice que l'apparat prétentieux de la rue de Luynes... Mais il aurait tout donné pour qu'enfin sa mère lui reconnaisse le droit de poser son cul sur ces vieilles tapisseries. Il avait cru qu'à sa mort elle oublierait les rivalités de toute une vie. Il avait même espéré qu'elle lui donnerait la preuve que ces rivalités n'avaient jamais été que pures fantasmagories. Il aurait préféré connaître le regret, voire le remords, d'avoir souffert pour rien, soixante ans durant, à cause d'une invraisemblable préférence. C'était encore une fois en vain... Il jeta un regard envieux sur *Les Trois Grâces* et croisa celui de Michel satisfait. Ce n'était pas tant le tableau, un peu trop naïf à son goût, mais l'air triomphant de son frère qui provoquait chez lui une jalousie incoercible, celle qu'il avait toujours ressentie quand Michel étalait impudemment les signes fragiles de l'amour de leur mère. Aujourd'hui, elle faisait de lui l'héritier des mythes La Fresnaye, le tableau ayant été attribué à tort pendant des générations à une grande main du XVIe jusqu'à ce qu'un œil expert et objectif en révèle l'origine plus modeste. On n'avait alors plus vu que la maladresse des traits, la grossièreté des grands à-plats et la raideur du mouvement mais Michel saurait entretenir la légende et investirait le passé des La Fresnaye de son imagination mythomane. Lui aurait surtout eu les moyens d'offrir au tableau une restauration qui lui aurait rendu la fraîcheur et l'élégance dont un vernis jaunâtre le privait. Enfin, sa mère ne pouvait pas tout lui donner, il avait été déjà très bien loti — c'est, évidemment, ce que lui dirait Isaure ce soir — mais il ne cesserait de souffrir de cette intimité entre sa mère et son frère, intimité que la mort ne faisait que confirmer... Il eut pitié d'Odile et reprit :

— « ... A Odile, je veux laisser le dos-d'âne Louis XV et le petit cabriolet qui viennent de tante Jeanne. Je tiens également à ce qu'elle prenne la console en bois doré marquée au fer rouge. Enfin, qu'elle emporte les deux pastels d'enfant qui nous représentent André et moi... »

Odile avait tressailli à l'évocation de tante Jeanne,

vieille cousine Malcuy qui n'avait plus pour famille qu'André. Il avait été hors de question de la placer quelque part, au milieu d'une plèbe abandonnée, et elle était venue finir ses jours villa Bachelin. Odile vivait encore avec leurs parents à l'époque et elle s'était attachée à cette Montpelliéraine distinguée qui, atteinte de la maladie d'Alzheimer, voyait des lunettes à la pendule du salon. Elle avait montré une patience infinie face aux questions à répétition qui mettaient Bernard hors de lui, répétant l'heure inlassablement : « une heure trente, une heure trente-deux, une heure trente-sept, ma tante », jusqu'à ce que mort s'ensuive... Ce n'était pas tout à fait un hasard si, comme aujourd'hui, c'était dans le petit cabriolet de la vieille tante qu'elle avait l'habitude de s'asseoir, laissant les deux dossiers plats à ses frères. Leur mère, elle, avait toujours préféré la lourde bergère près de la cheminée, que personne n'osait désormais occuper, avec une sorte de respect morbide et superstitieux. Bernard se réjouissait pour Odile des décisions de sa mère, et ce dos-d'âne miel, en joli bois fruitier, un peu écrasé ici par la commode, trouverait dans son petit intérieur la place de laisser s'épanouir un charme très féminin. Il en allait de même pour le gracile cabriolet recouvert en soie brochée jaune. Tout cela ferait très bien chez elle...

Il ressentait en revanche une pointe d'envie pour la console. Non seulement elle aurait terminé leur salon Régence mais, en plus, son histoire avait bercé leur enfance. Ornée d'une fleur de lys, celle-ci avait été barrée au fer rouge pendant la Révolution. Leurs parents avaient une affection particulière pour cet objet à l'estampille révolutionnaire, aux prétentions rebutées. Leur mère avait façonné pour eux un roman fait de vignettes Malet-Isaac, où la marquise de Ganges s'étouffait de sa natte, où des culs-terreux insatiables brûlaient le château, où une famille terrorisée courait cacher sa peur à Coblence. Une cruelle Histoire de France se reflétait ainsi dans la dorure de la commode, avec l'exagération que sa mère, habituellement si raisonnable, mettait à ces échappées audacieuses dans une rêverie romanesque.

Ce qui appartenait pour de bon à leur passé, c'étaient les deux charmants portraits d'enfant qui s'étaient toujours fait face dans l'entrée de la villa Bachelin, bâillant oubliés au bout d'une corde trop longue, la vitre un peu poussiéreuse, sursautant à chaque claquement de la porte d'entrée avant de retomber dans leur triste pénombre. Ils méritaient mieux, ces deux enfants de la Belle Epoque qui regardaient le peintre d'un air crâne, cachant sous leurs toilettes apprêtées la même fraîcheur de l'enfance, qu'ils l'aient vécue à l'ombre du cèdre de Clarou ou sur les allées chic des Tuileries. Il les aurait bien pris ces deux pastels et leur aurait rendu une place d'honneur : il les aurait installés dans son salon sous la garde de l'impressionnant oncle Richard, les sortant d'un exil non mérité. Mais il se réjouissait pour Odile ; elle qui n'avait pas eu d'enfants conserverait ces deux portraits de ses parents rajeunis et la nostalgie l'emporterait sur la vie, inversant un temps trop linéaire pour elle.

Chacun se taisait, conscient que tout était joué, qu'il leur restait maintenant à élucider le sens que leur mère avait voulu donner à cette répartition du patrimoine. Mais avant de tout comprendre, il leur faudrait apprivoiser chez eux ces meubles encore habités par l'âme de leur mère jusqu'à ce qu'ils ne soient plus que les dépositaires de souvenirs indolores. Michel caressait le bras du dossier plat sur lequel il était assis, s'appropriant déjà ce qu'il n'avait pas encore déménagé. La mine de supplicié qu'il s'appliquait à conserver cachait mal un plaisir égoïste de propriétaire et cette hypocrite souffrance avait le don d'exaspérer Bernard. Il aurait voulu maintenant écourter la scène, demander à chacun d'emporter son dû et rentrer rue des Bourdonnais, à l'abri de sa femme. Il voulait réfléchir tranquillement à la ronde des commodes à laquelle allait l'obliger l'irruption de la grosse commode tombeau chez eux. Jouer à la commode musicale en quelque sorte... Pourtant, alors que les autres croyaient l'épreuve achevée, lui avait sous les yeux un paragraphe qu'il lui restait à dévoiler. Il fallait aller vite pour en finir.

— Maman a ajouté un codicille à ses derniers vœux...

— Ah ?...

— Je vous le lis : ... « outre ces quelques souhaits, voici mes trois dernières volontés. Je voudrais que le cartel de votre père revienne à Bernard, ma collection de fixés-sous-verre à Michel et le crucifix en marqueterie à Odile. Pour le reste, mes enfants, faites ce que bon vous semble, n'hésitez pas à vendre, et surtout ne vous sentez tenus par aucun lien superflu... Par ailleurs, je vous supplie de ne pas passer votre temps sur ma tombe. Les Gonards sont sinistres et il y souffle un vent glacial. Vous attraperiez mal. Recevez une dernière fois, mes enfants chéris, la bénédiction de votre vieille mère aimante... »

« Votre vieille mère aimante » résonnait dans la tête de ces trois adultes bouleversés qui ne savaient plus aujourd'hui que balbutier « maman » pour eux-mêmes, comme s'ils n'avaient jamais atteint l'âge de raison. Ils n'étaient plus que trois gosses égarés et Bernard, vexé de se donner ainsi en spectacle, fut le premier à se ressaisir. Il s'était étonné, sans prendre vraiment le temps de le verbaliser, que sa mère n'intégrât pas le cartel en vernis Martin de leur père dans l'un des trois lots. L'objet était de valeur ; il avait d'ailleurs coûté suffisamment cher à leur père alors que Montpeyroux s'évertuait à le ruiner. Ce notable provincial ne s'était jamais complètement résigné à reconnaître ses revers de fortune et bien qu'il ait pu faire montre d'une parcimonie hors du commun pour les dépenses quotidiennes, il était capable parfois d'oublier tous ses calculs prévisionnels pour flamber chez les Kerlain sa maigre épargne destinée aux coups durs. Il n'avait eu ainsi de cesse de posséder quelques signes extérieurs de bourgeoisie dont le cartel faisait partie. Si c'était une belle pièce, le cartel était, surtout pour Bernard, l'image paradoxale de son père. Homme prudent et discret, dédaignant cette bourgeoisie de promotion qui étalait ses richesses et affichait ses revenus, il avait en réalité une si haute opinion de lui-même et de sa famille qu'il ne supportait pas la faillite à laquelle il la condamnait. Bernard savait très bien en tout cas où il mettrait l'épineux cartel qui avait provoqué entre ses parents une de ces scènes violentes qui le paralysaient. Leur mère n'avait guère apprécié que le cartel se substitue à la paire de chaussures neuves qui devaient remplacer les godillots éventrés de Michel. Leur père n'avait pas supporté de s'entendre expliquer son irresponsabilité et le ton était monté... Il croisa le regard d'Isaure un peu dépité. Elle n'aimait pas le cartel qu'elle trouvait un peu « genreux » mais il ne doutait pas qu'en souvenir de son beau-père elle se résoudrait à le mettre au salon, entre les deux portes-fenêtres.

Odile, quant à elle, semblait touchée. Aucun des trois enfants n'affectionnait pourtant vraiment ce christ sombre et janséniste renfermant un des innombrables morceaux de la vraie Croix. Associé pour eux à des peurs enfantines, il les poussait à faire un écart prudent autour de la commode qui le portait. Cette image grimaçante et sanguinolente avait les traits du péché plus que de la rédemption et ils craignaient que leurs caprices puérils ne les condamnent aux mêmes souffrances. En tout cas, c'était un beau travail et ces objets d'église avaient aujourd'hui une valeur parfois inestimable. Cela valait la peine pour Odile de le faire expertiser et elle trouverait à La Geôle bon nombre d'acquéreurs. Mais son air ému et recueilli laissait au contraire supposer qu'elle allait le garder. Certes, pour elle, c'était différent. Le christ, avant d'appartenir à sa mère, avait peuplé les chambres des générations précédentes, passant de femme en femme comme un rappel pressant à la décence. Plus que de l'objet, sa mère la rendait dépositaire d'une bienséance toute bourgeoise, d'une religion intériorisée. Jamais en effet il n'avait vu sa mère se signer devant ce christ — elle prenait pour de la vulgaire superstition toutes ces manifestations exubérantes d'un culte primaire —, mais qui sait si celui-ci n'avait pas vu, dans l'intimité d'épouses irréprochables, des cœurs verrouillés s'ouvrir en confidences coupables ?

Celui qui, jubilant, s'était levé d'un bond pour s'approcher du guéridon où étaient exposées les boîtes en fixés-sous-verre, c'était Michel. Tous s'accordaient encore pour voir dans cette collection de leur mère une lubie incompréhensible. De fort mauvais goût, aux couleurs criardes, aux scènes mièvres, ces boîtes à bonbons d'un autre siècle ne plaisaient à aucun d'eux. Mais, depuis trente ans, leur mère s'était entichée de ces décors d'opérette où trônait un couple. Elle avait ainsi réuni, au hasard de ses promenades, une soixantaine de boîtes, choisissant toujours celles où conversaient des marquises aux joues roses et des galants aux gants blancs, sur fond de ruines romantiques et de taillis indulgents. Michel n'aimait pas plus qu'eux cette collection un peu niaise mais il tenait là curieusement ce qui représentait le plus sûrement la part d'ombre de leur mère. Aucun des trois ne comprenait ce qui avait pu l'amener à éprouver de l'intérêt pour ces boîtes mais tous savaient en leur for intérieur que ces couples figés dans une éternelle déclaration d'amour représentaient beaucoup plus pour elle qu'un simple caprice décoratif. Et Bernard savait qu'Odile nourrissait comme lui, sans oser même se l'avouer, le secret espoir que leur mère les choisirait pour en hériter, même si, par une sorte d'intuition inexplicable, il se doutait que reviendraient à Michel ces scènes d'amour godiche. Comme on pouvait s'y attendre, ce dernier arborait de nouveau ce regard étincelant que Bernard interpréta comme le signe d'une défaite irréversible. Après tout, rien ne servait de lutter, le combat était perdu d'avance et, comme à son habitude, il saurait se raisonner. Dans le fond, leur mère n'avait pas si mal fait les choses ; le partage était très équitable et aucun d'eux n'était lésé. Quant à lui, comme autrefois devant la lampe de chevet gisante, il se réfugierait dans l'odeur douceâtre de la lavande et dans le profond noyer languedocien.

## Chapitre cinq

Léontine, assise sur une des chaises d'église rudimentaires qui meublent la cuisine, essuie les verres en cristal de Bohême que Fatima, jamais inactive, a entrepris de laver pour que celui qui en hérite n'emporte pas la poussière avec lui. Les deux domestiques qui se sont succédé dans la famille mettent un point d'honneur à rendre les clés d'une maison impeccablement tenue. Pour s'occuper, elles tricotent le passé des Malcuy. La vieille et fidèle confidente étale avec satisfaction les souvenirs d'un passé lointain qu'elle est seule à avoir connu, donnant à l'efficace Portugaise l'explication de bien des habitudes héritées, fossiles d'un temps oublié. C'est ainsi qu'Odile, entrant dans la cuisine, peut entendre Léontine expliquer pourquoi, parmi tous les verres de couleur en cristal de Bohême, on ne mettait jamais le bleu sur la table sans qu'on n'en connaisse plus la raison depuis bien longtemps.

— ... Peu de temps après mon arrivée dans la maison, il a fallu s'occuper des fiançailles de madame. Les La Fresnaye, tout bouleversés qu'ils étaient par la mort de leur fils Joseph, voulaient recevoir dignement les parents du promis. On m'avait demandé de faire la table en grand. Je n'avais pas bien l'habitude encore, surtout qu'à cette époque-là madame de La Fresnaye, elle ne recevait plus ; faut comprendre, avec le chagrin qu'elle avait... Mais bon, c'est en forgeant qu'on devient forgeron et je m'y suis mise... C'était la première fois que je les sortais, moi, ces verres, et j'ai pris ceux qui me venaient pour les rincer, comme aujourd'hui. Ils étaient au moins aussi poussiéreux, entre parenthèses, car ils n'avaient pas servi depuis la guerre. Je les avais installés sur la nappe, en prenant bien garde de mettre les verres à vin à droite. Dans cette famille, on ne triche pas avec les façons. Je regardais tout ça, assez fière, pardi, de ce que j'avais fait, quand madame de La Fresnaye est entrée pour jeter un dernier coup d'œil à la table avant l'arrivée des Malcuy. Elle a pris cet air glacial que tout le monde redoutait, parce que j'aime autant vous dire que lorsque madame de La Fresnaye était mécontente, tout le monde filait doux. Je me souviendrai toute ma vie du jour où elle était venue rendre visite à sa fille quelque temps après son mariage. Moi, j'avais suivi madame et, forcément, j'avais pris des libertés dans cette nouvelle maison. Je lui avais ouvert la porte et, comme d'habitude chez madame quand j'ouvrais aux invités, je l'avais saluée d'un " bonjour madame " tout ce qu'il y a de respectueux, vous pouvez me croire. Eh bien, sans me répondre, elle s'est tournée vers sa fille : " Et depuis quand, ma fille, les domestiques disent-ils bonjour ? "... C'est vous dire le genre de la maison ; et pour les revendications syndicales, vous étiez de la revue ! Bref, pour cette histoire de verre aussi, je me souviens encore exactement de ce qu'elle m'a dit : " Léontine, vous enlèverez immédiatement ce verre bleu et vous saurez dorénavant que je ne veux plus le voir sous aucun prétexte sur la table. " Albert m'a dit ensuite — Albert, c'était le chauffeur de monsieur, parce que j'aime autant vous dire qu'à l'époque il y avait chauffeur, femme de chambre et tout le toutim. Ah ça, c'était autre chose ! —, bref, Albert m'a dit ensuite que dans le verre bleu, madame de La Fresnaye, elle voyait l'uniforme de son fils... C'est à cause de la couleur, vous comprenez, du bleu horizon... Alors, tout le bleu avait dû disparaître de la maison, jusqu'aux tentures du salon ! Vous pensez si c'était simple. Enfin, on ne lui en voulait pas. C'est que la pauvre, en le perdant son petit, elle avait aussi laissé filer un peu de sa raison... Elle ne s'est jamais vraiment remise, elle pleurait tout le temps. Et puis, elle avait des " tototes ", comme celle-là. Tout le monde le savait ; même son mari, il le savait. Il essayait bien de temps en temps, gentiment, de lui faire changer d'avis, mais il ne fallait pas y compter... Après, nous, on faisait les choses mécaniquement. On supprimait le verre bleu, un point c'est tout. Je ne suis même pas sûre que madame — leur fille, vous m'aviez comprise — se souvenait seulement qu'il y avait un verre bleu... On ne l'a plus jamais vu sur la table...

Léontine s'est interrompue en voyant Odile entrer. Non qu'elle craigne de se faire réprimander — quarante ans d'intime servitude lui donnent le droit d'avoir sur chacun un avis que les Malcuy savent tempéré par ce subtil devoir de réserve que lui impose son affection pour la famille —, mais elle a remarqué une larme, pourtant imperceptible, retenue au coin de l'œil de celle qu'elle avait langée la première. Cette enfant malingre, accidentelle, on la lui avait mise dans les bras, encore toute chaude du ventre de sa mère. C'est elle qui l'avait lavé, ce nouveau-né renfrogné, trop faible même pour pleurer. Elle l'avait vêtu, enserrant ses jambes toutes maigres dans un lange bouilli. Elle avait coiffé cette mèche rebelle de cheveux noirs et doux qu'elle retrouverait ensuite sur l'oreiller brodé. Elle l'avait réchauffé quand elle avait vu bleuir ses ongles minuscules, et pendant six mois elle l'avait gardé contre elle, donnant à l'enfant, en complément du lait de sa mère, l'attention inquiète qui la ferait survivre. Elle avait épié le moindre de ses progrès et elle était capable d'évaluer au gramme près son poids quotidien. Ce petit être était parvenu à tisser, à force de regards perçants et de gestes imprécis, un nouveau cordon ombilical qui ne serait plus jamais coupé. Elle l'avait vu s'endormir sur son épaule, la tête rejetée en arrière, la bouche ouverte, les traits lisses, dans un abandon confiant. Sur ce visage offert, Léontine savait tout lire. Elle avait vu passer l'ombre des contrariétés, la menace des colères et l'esquisse des sourires : elle savait encore y reconnaître les larmes contenues.

— Léontine, veux-tu bien nous faire chauffer encore un peu d'eau ?

— D'accord, mon Odile.

Odile semble hésiter à s'asseoir. Elle a saisi la première occasion pour échapper au triomphe de Michel et à sa cruauté facile et, maintenant, elle espère peut-être prolonger cette pause au calme de la cuisine. Mais il lui faut retourner subir la jalousie compacte qui a envahi le salon après la lecture du testament de leur mère.

— Tu pourras nous apporter le thé au salon, Léontine, s'il te plaît ?

— Bien sûr, dès que l'eau bout ; pose donc la théière ici, je vais m'en occuper.

Avant de ressortir, Odile voit la pauvre Léontine s'ébrouer, secouant sa vieille arthrose pour se lever et s'approcher de la gazinière. Elle cherche de la main l'endroit exact du brûleur avant d'approcher l'allumette. Fatima, pleine d'indulgence pour cette fière vieillesse, surveille du coin de l'œil que tout va bien. Léontine se fige ensuite contre le radiateur, réchauffant sa silhouette meurtrie par le temps en attendant le léger frémissement de l'eau.

— Je la connais, mon Odile, comme si je l'avais faite, et ça n'a pas l'air d'aller fort. Ça n'a pas dû bien se passer au salon. Le partage, je le disais encore hier à ma cousine Marcelle, c'est bien pire que le deuil, dans ces familles. Parce que chez nous, pardi, ça va vite... Quand ma mère est morte, on s'est retrouvées, avec ma sœur, toutes les deux dans le séjour. Pas besoin de notaire et autres salamalecs. C'est moi qui suis l'aînée, alors vous comprenez, j'ai décidé : je lui ai dit qu'elle n'avait qu'à prendre le poste et le guéridon en dessous. Moi, j'ai récupéré le canapé, il avait fait de l'usage mais il était en cuir : c'est inusable. Ensuite, je lui ai donné la petite croix en or que ma mère portait depuis sa communion et moi, j'ai mis sa montre autour de mon poignet — tenez, regardez, elle trotte encore... Pour le reste, on a fait venir Emmaüs, ils ont pris ce qu'ils voulaient, et les “ encombrants ” ont fini le travail. La pauvre Odile — elle ne me l'a pas caché chez Bernard —, elle redoutait bien plus la séance de cet après-midi que le cimetière. C'est-y pas malheureux, entre frères et sœurs, de se craindre comme ça ! Mais c'est qu'avec Michel ce n'est pas si simple. Il est bien capable de leur avoir fait une scène s'il n'a pas eu ce qu'il voulait. Enfant déjà, il faisait tourner le brave Bernard en bourrique. Drôle de petit, il faut dire ! Tout le temps malade... Pas un mois sans qu'il soit obligé de rester une bonne quinzaine de jours à la maison : des angines, des bronchites et toutes sortes de saletés. Il toussait, ce petit bonhomme, c'était une vraie pitié ; c'est à peine si ça ne vous arrachait pas les bronches, à vous, de le voir tousser sans cesse ! Quand ça le prenait, il ne pouvait plus s'arrêter ; bravet, il mettait sa main devant sa bouche, mais il finissait par pleurer tellement, par devenir si rouge que sa pauvre mère se précipitait pour essayer de le calmer en lui passant un gant sur le visage. C'était de la congestion, c'est sûr, mais surtout ça finissait par être nerveux, disait le docteur. Et contre les nerfs, on ne peut rien ; que voulez-vous faire quand c'est dans la tête ?...

Fatima opine sans un mot et Léontine fait une courte pause pour soulever le couvercle de la casserole et regarder où en est l'eau. Toute à ses souvenirs, elle n'envisage même pas que la jeune Portugaise puisse préférer écouter « Les Grosses Têtes ». Voyant que l'eau n'est que frémissante, elle reprend :

— ... Même quand il n'y avait plus d'infection — et ça, il l'entendait bien le médecin avec son appareil —, le petit, il continuait de tousser. Sa pauvre mère ne savait plus quoi faire. On peut dire qu'elle se sera inquiétée pour lui... Et elle avait beau le couvrir, lui éviter les coups de froid et les courants d'air, rien n'y faisait. Elle le renvoyait à l'école, et quinze jours après il nous revenait fiévreux, toussant, mouchant, et il fallait le remettre au lit. Remarquez qu'il y était bien. Elle montait passer l'après-midi à côté de lui, il dormaillait en lui tenant la main, ou bien elle lui lisait un *Bécassine*. Il en faisait ce qu'il voulait, de sa mère. Margue, la vieille servante des Malcuy — c'était pas la crème mais elle me faisait tellement rire —, elle disait toujours qu'" il pourrait chier dans le bec de madame que madame dirait encore merci ". Toujours est-il que le petit, je l'ai souvent retrouvé dans le lit de madame en train de la regarder faire son courrier sur le secrétaire. Bref, si ce n'était ses crises de toux, il était comme un coq en pâte. Même s'il n'était pas bien gros quand même ; sa grand-mère Malcuy, avec son franc-parler, elle n'arrêtait pas de le répéter qu'il était épais comme une " clavette "... Madame, ça la rendait furieuse, elle sentait bien le reproche dans la voix de sa belle-mère. Comme si elle ne le nourrissait pas assez ! — il faut dire qu'il n'aimait rien, Michel, c'était un vrai calvaire de lui faire avaler deux bouchées. Alors, elle lui répondait qu'il était sec comme un La Fresnaye, que son pauvre frère, à elle, il n'était pas plus gros, qu'on n'y pouvait rien et que c'était dans les gènes. Elle n'avait pas tort, ils l'ont dit, ça, à la télé, que le poids et la taille des enfants, ça dépendait des parents ; et puis, j'en ai vu, moi, des photos du frère, il était tout fin, c'est vrai. Mais on ne m'enlèvera pas de l'idée que s'il avait été un peu plus gras, notre Michel, il aurait été plus résistant. Enfin, moi, je me suis aussi souvent demandé si, une fois dehors, il n'enlevait pas son galurin et sa pèlerine jusqu'à temps d'attraper la mort, exprès. Parce que c'est pas Dieu possible d'être tout le temps malade comme ça. Et les deux étés à La Bourboule n'y ont rien changé. C'était des drames, tant pour la mère que pour le petit, ces séparations d'un mois, et pour rien du tout. D'ailleurs, il me l'a dit, le docteur Duval — vous savez, ce jeune médecin qui vient de s'installer juste à côté du presbytère de Saint-Symphorien ; je suis allée le voir pour me faire une idée sur lui. C'est important, un nouveau docteur dans le quartier. Si on a une urgence, il vaut mieux savoir avant à qui on a affaire. Et puis, on attrape de l'âge tous les jours, hein ? alors les petites misères se multiplient... Et ce n'est pas quand on est à l'agonie qu'on peut juger de la science d'un médecin ! —, bref, il me disait que ces séjours à la montagne ou au bord de la mer, ces thalasso-je-ne-sais-quoi, ça ne servait à rien, enfin, pas à grand-chose. Si ça les amuse, les gens, de croire le contraire et de se laisser plumer pour prendre des bains de boue... Toujours est-il que pour Michel — ça ne s'appelait pas comme ça à l'époque mais c'était du pareil au même —, c'était un emplâtre sur une jambe de bois. Tiens, voilà mon eau qui bout. Je vais leur monter leur thé à ces petits, ça va peut-être détendre l'atmosphère...

Fatima, l'air de rien, verse l'eau bouillante dans la théière et ouvre la porte de la cuisine à Léontine sans la quitter des yeux jusqu'au salon. Puis elle revient à ses verres en cristal, pas fâchée de ne plus entendre un instant son aînée radoter. Mais déjà, un pas heurté, hésitant, traverse l'entrée. La vieille servante revient, en traînant la patte, la jambe droite attaquée par son arthrose. Elle a, en entrant dans la cuisine, les yeux brillants d'excitation, tout heureuse d'avoir des informations nouvelles à rapporter, elle qui s'était accommodée de ne plus être que le Mercure du passé.

— Ouf ! reprend-elle en se laissant tomber sur la chaise paillée et en se saisissant à nouveau du torchon à carreaux, quelle ambiance... Ils sont si crispés que Bernard, d'ordinaire si gentil, m'a demandé de me dépêcher, à moi, qui ai si mal à la jambe... Je voulais les resservir mais Odile m'a pris la théière des mains et l'a fait elle-même. Il ne m'en faut pas plus, on ne me dit pas les choses deux fois, moi, et me voilà revenue. Il n'y a que Michel qui avait l'air souriant, il inspectait les unes après les autres toutes ces boîtes que collectionnait leur mère ; vous voyez ce que je veux dire, ces nids à poussière qui se trouvent sur le guéridon, au milieu du salon. Mon Dieu, que c'était pénible d'épousseter tout ça ! Remarquez bien qu'elles sont jolies, ces boîtes... Moi, elles me plaisaient bien... Elle les lui aura laissées, j'imagine ; il doit être bien content. Ça ne m'étonne pas, d'ailleurs, car cette manie de les collectionner date de quand elle l'attendait. Je m'en souviens bien parce que je peux vous dire qu'à l'époque, madame, elle n'était pas à prendre avec des pincettes. A chaque grossesse elle était difficile mais, pour Michel, on aurait dit qu'en plus elle avait peur, peur que ça se passe mal, peur de perdre le bébé, et je ne sais quoi encore ! Alors, la voir un peu guillerette quand elle trouvait une de ces boîtes, c'était pas pour nous déplaire. Ça n'a pas duré parce que, comme je vous le disais, ensuite elle a dû s'aliter : elle ne grossissait pas et le bébé non plus. J'ai une petite voisine qui a eu le même problème. Ça a un nom mais je ne m'en souviens plus ; je l'ai su pourtant... Enfin, il est né, le petit Michel, pas bien fort, c'est sûr, à peine plus de cinq livres... Mais bon, de toute façon, madame ne faisait pas de gros bébés. Et voyez-les tous les trois aujourd'hui : ils ne font pas pitié, c'est le moins que l'on puisse dire. Comme quoi, ça ne sert à rien de s'inquiéter, vous ne trouvez pas ?

— C'est sûr. Moi-même, j'ai vu ça avec mon Estelle. Toute petite, on se battait pour la faire manger et aujourd'hui qu'elle a treize ans, on ne sait plus comment l'arrêter. Il va bientôt falloir qu'elle fasse le régime...

— Ah ! Vous voyez bien que j'ai raison. Toujours est-il que madame, elle s'en est occupée de ce fils comme si elle craignait sans cesse qu'il lui arrive quelque chose. Rien à voir avec la naissance de Bernard, qui est né rue de Grenelle, d'abord. C'est sûr, en 32, il n'était pas encore question de s'installer à Versailles. Et je peux vous dire que monsieur et madame, ils étaient vraiment parisiens ; pas un soir où ils ne sortaient pas : spectacles par-ci, réceptions par-là. Quand ils restaient à la maison, c'était pour recevoir les Derruau. Ça jouait au bridge, ça fumait, ça riait... Il faut dire qu'ils auraient eu bien tort de se priver ; pour madame, les années qui avaient précédé son mariage n'avaient pas été bien drôles, et puis, ils n'avaient pas d'enfants. Enfin, en 31, un peu avant Noël — c'était au moment où j'avais le bras dans le plâtre, une mauvaise chute sur le verglas —, elle s'est mise à être malade comme un chien : elle vomissait tripes et boyaux, elle était incapable de se lever, elle pleurait, pleurait... Tout le monde avait compris sans même faire venir le docteur, et monsieur, il était heureux, vous n'imaginez pas ! Il faut dire que ça faisait presque dix ans qu'ils étaient mariés et il commençait sûrement à s'inquiéter de ne pas voir venir d'héritier. Elle, ce n'était pas la même chose. Malade comme elle l'était, vous me direz, c'était difficile de se réjouir. Tenez, moi, quand j'ai attendu ma fille, je rendais chaque matin en mettant un pied par terre, ce n'était pas grand-chose, je vous l'accorde ; eh bien, rien que ça, c'était suffisant pour me saper le moral. Alors, elle qui passait sa journée allongée, dans le noir, et ça, pendant trois mois... Il y avait de quoi être minée !

— A qui le dites-vous ! Moi aussi, j'ai été malade, malade pour mon Estelle... Je faisais déjà des ménages et je peux vous dire que c'était pas facile ! Mais pour nous, c'est pas pareil ; on ne peut pas s'arrêter de travailler. Les traites du pavillon ne se paient pas toutes seules !

— Ensuite, ça s'est mieux passé, elle s'est relevée et jusqu'à la naissance ils ont pu recommencer à sortir un peu. Mais surtout, après la naissance de Bernard, ils ont repris au même rythme qu'avant. Je ne dis pas que ça n'avait rien changé, l'arrivée du petit Bernard. Monsieur, il était comme un fou. Quand il est né, il attendait derrière la porte, il faisait les cent pas dans le couloir, il venait nous voir à l'office pendant que le docteur Villacèque était auprès d'elle. Il nous gênait plutôt qu'autre chose, d'ailleurs. Il fallait qu'on fasse bouillir l'eau, qu'on monte des cuvettes. A l'époque, c'était autre chose, les accouchements. Pour ainsi dire, ce n'est plus comparable ! Avec l'invention de la péridurale, c'est devenu une partie de plaisir. Parce que nous, attention... Ah, si j'avais pu l'avoir, moi, cette piqûre dans le dos, pour ma Simone : douze heures elle a mis pour arriver, la petite, et je peux vous dire que j'en ai un sacré mauvais souvenir ! Après ça, il pouvait toujours faire le beau, mon Ernest, certains jours, c'était ceinture... Enfin, bref, tout ça pour vous dire la joie de monsieur quand il a récupéré dans ses bras ce beau garçon tout neuf... Le roi n'était pas son cousin et ça a duré un moment. Il a appelé les Derruau pour le leur montrer tout de suite. Je me demande d'ailleurs si monsieur Derruau n'était pas le parrain de Bernard. J'ai un doute tout à coup parce qu'il était évidemment beaucoup plus lié avec Michel... Affaire de caractère, ça ne se commande pas ! A ce propos, le baptême, ça n'avait pas été une mince affaire. Imaginez-vous que monsieur avait tenu absolument à ce que Bernard soit baptisé à Montpellier, à la cathédrale Saint-Pierre comme des milliers de

Malcuy avant lui. Vous pensez si c'était simple ! Madame, elle, elle ne voulait pas que ça traîne.

— On comprend ça, ponctue Fatima, espérant ainsi écourter le récit.

Ayant terminé de nettoyer les verres, elle s'apprête à attaquer l'argenterie. Elle commence à sortir les écrins maintes fois rafistolés qui partent en lambeaux, moins résistants que ce qu'ils contiennent, trop manipulés par des générations peu scrupuleuses. Mais c'est sans doute le summum de l'écrin que de traîner l'effilochure du temps. Léontine se lève en faisant grincer ses articulations fatiguées et étale quelques pages du *Figaro* de la veille pour protéger la table. Elles s'assoient l'une en face de l'autre et, chiffon en main, elles se mettent à frotter l'argent terni. Léontine allait poursuivre quand Odile pénètre de nouveau dans la cuisine.

— Tu veux quelque chose, mon petit ?

— Oui, je viens remettre quelques nonnettes dans le plat à gâteaux. Il est vide. Ce n'est pas que la faim nous tenaille, mais on grignote. Ça occupe les mains, et l'esprit...

Le ton est las et le regard éteint. Odile fouille sans un mot le placard pour se réapprovisionner. Les deux domestiques se sont remises au travail et Léontine n'ose renouer avec son monologue sans fin, touchée par le chagrin de la fille de la maison. Celle-ci se retourne vers elles, semble hésiter et, comme prise d'un découragement soudain, elle tire vers elle la troisième chaise paillée et prend place entre les deux femmes.

— Vous voulez quelque chose, mademoiselle Odile ?

— Ça va, Fatima, je vous remercie. Je n'ai besoin de rien.

— Qu'est-ce qui ne va pas, mon Odile ? Ça ne se passe pas bien là-bas, dans le salon ?

— Ça se passe, Léontine, ça se passe... Maman a très bien fait les choses et laissé à chacun un lot très équitable...

— Eh bien alors ?

— Je ne sais pas. Peut-être est-ce la décompression, tout simplement... Je me sens tellement fatiguée. Je ne parviens même pas à me réjouir d'installer bientôt chez moi ces quelques meubles, ces maigres restes de la vie de maman. J'ai l'impression que je vais la voir partout.

— C'est peut-être trop tôt. Vous ne pouvez pas tout effacer comme ça. Attendez — qu'est-ce qui vous presse ? —, laissez faire le temps.

— Vous avez sans doute raison, Fatima. Tout cela est un peu précipité. Mais il fallait faire vite, Michel y tenait. Bernard et moi aussi d'ailleurs. On pensait que plus le souvenir de maman serait proche, moins on risquait d'avoir des histoires...

— Eh bien, vous n'en avez pas eu, non ?

— C'est sûr et c'est toujours comme ça, avec Michel. Ce n'est jamais ce qu'on redoute le plus avec lui qui se passe mal. Il est tellement imprévisible ! Enfin, aujourd'hui, il a l'air satisfait. Maman lui a laissé de très jolis souvenirs : entre *Les Trois Grâces*, l'horloge de Clarou et le bureau de l'oncle Joseph... Curieusement, moi, ce sont les fixés-sous-verre que je regretterai le plus... C'était tellement elle. Elle aurait peut-être dû les partager entre nous trois... En tout cas, Michel, avec son petit air satisfait, il fait régner une atmosphère irrespirable dans le salon. Il n'a pas le triomphe modeste, c'est le moins que l'on puisse dire ! Et pourtant, il ne peut pas s'empêcher de regarder tout ce qu'il n'a pas eu avec une envie qu'il ne cherche même pas à cacher. Catherine elle-même en a l'air gênée. Elle qui veut toujours rompre le silence, elle a laissé les blancs monter, monter jusqu'à ce que plus personne n'ose les casser...

— Ma pauvre petite, veux-tu te reposer là, un peu, avec nous ? Je peux bien les leur apporter, moi, les nonnettes, si tu préfères...

— Non, je te remercie, Léontine, dit Odile en se levant déjà comme pour s'encourager, je vais y retourner. Je ne peux pas laisser Bernard tout seul. Isaure n'est jamais d'un grand secours dans ce genre de situations, elle reste là, muette sur sa chaise cannée... Enfin, de toute façon, ça ne va plus être long : on met les dernières choses au point pour la vente de la maison et chacun va rentrer chez soi.

La porte se referme sur la silhouette ténébreuse d'Odile ; il faut qu'elle soit bien touchée pour laisser échapper devant Fatima les inimitiés familiales, et les deux servantes piquent du nez sur leurs fourchettes édentées dans un silence compatissant, en communion avec le drame muet qui ne parvient pas à se jouer là-bas, dans le salon.

— Moi, je vous le dis, Fatima, mieux vaut être pauvre. Enfin, tout ça finira par s'arranger. Ça s'arrange toujours chez les gens bien élevés... Où est-ce que j'en étais, moi, dans tout cela ? Ah oui, au baptême... Quel " rebaladis ", comme aurait dit la bellemère de madame ! Faire descendre tout ce monde en plein mois d'avril. Ça va qu'à cette époque, en bas, c'est déjà l'été, parce qu'on est partis sous une pluie battante de Paris. Remarquez que c'est un souvenir plutôt amusant, cette équipée à travers la France avec les Derruau et les autres. Enfin faut être juste, tout ça pour baptiser là-bas ce petit qui l'aurait été aussi bien ici, c'est un peu tordu ! C'est dire si monsieur était fier et content de la naissance de ce fils ! Qu'est-ce qu'il a pu s'en occuper ! Faut comprendre : il l'avait tellement attendu, cet enfant, qu'il pensait qu'il n'en aurait jamais d'autres. D'ailleurs, madame, à l'époque, elle n'en voulait plus. Ça doit vous étonner, vous qui l'avez connue beaucoup plus tard, non ?

— Non... si... enfin, je ne sais pas...

— C'est que madame, c'était une inquiète. Chaque fois qu'elle partait en voyage, elle nous laissait un wagon de recommandations. Et avec ça qu'il se portait bien son petit ! Imaginez s'il avait été malade ! Alors, un enfant, c'était suffisant ! Elle l'aimait, c'est pas ce que je veux dire, mais elle ne voulait pas de fil à la patte, un point c'est tout. Il faut comprendre, elle avait tout juste trente ans. Bref, le petit Bernard, il aurait pu pousser tout seul entre son père et sa mère, et je vous prie de croire qu'il n'aurait pas été malheureux. Mais la nature en a décidé autrement. C'est qu'à l'époque on ne faisait pas ce qu'on voulait comme aujourd'hui... Remarquez que d'une manière générale, on ne décide pas de grand-chose, vous savez. On veut le croire, ça oui, mais croyez-en mon expérience, c'est de la foutaise, et, à l'âge que j'ai, on ne me la fait plus, à moi... Je disais donc que la nature en a décidé autrement et que madame est retombée enceinte deux ans plus tard. Eh bien, curieusement, c'est avec la naissance de Michel qu'elle est devenue plus maman. Comme vous avez dû la voir après avec sa petite-fille Anne-Laure...

— Qu'est-ce qu'elle s'en occupait bien, de la petite !

— Eh bien, ça date de la naissance de Michel. Etonnant, hein ! Je pourrais vous en raconter encore des histoires comme ça, j'en ai tout un wagon. Mais je vous ennuie peut-être ?

— Vous pensez ! Au contraire, ça m'occupe. Plutôt que d'allumer la radio...

— Alors, d'accord. Mais avant, je vais peut-être aller voir s'ils n'ont besoin de rien, là-bas... Il ne faudrait pas qu'ils manquent de nouveau d'eau ou de petits gâteaux. Peut-être voudront-ils faire un feu avec la fraîcheur qui tombe, je vais prendre les allumettes avec moi... Ça y est, c'est septembre et, si on s'y laisse prendre, on attrape vite froid...

Léontine cherche le prétexte à une nouvelle incursion dans le salon ; elle veut scruter ces trois visages qui ne savent rien lui cacher, épier les nuées de déception qui traverseraient ces fronts préoccupés, surprendre les trouées de satisfaction. Elle quitte la cuisine et Fatima étire ses jambes sous la table, pose un instant la cuillère à entremets qu'elle astiquait, pour souffler. Le récit de Léontine l'assomme un peu. Dans le fond, elle n'avait pas besoin d'en savoir tant ; elle aimait bien madame qui avait toujours été très bonne avec elle mais elle avait à peine connu monsieur, alors toutes ces histoires... De toute façon, maintenant, il était surtout urgent de penser à les remplacer. Vingt heures par semaine, un vrai mi-temps, ça n'allait pas être simple ! Et il ne fallait pas traîner parce qu'il y avait le pavillon à payer... Sans compter qu'elle aurait du mal à trouver aussi bien. Ici, elle était tranquille, elle organisait son temps comme elle voulait. Madame ne l'embêtait pas, du moment que c'était propre, que le linge était repassé convenablement. Il y avait bien, de temps en temps, Odile qui venait inspecter le travail mais ça se passait toujours bien. Elle lui faisait quelques remarques, mais c'était pour la forme. Non, décidément, ce ne serait pas facile de retrouver une place comme celle-là... Mais Léontine revient déjà ; ils ont dû, comme tout à l'heure, la renvoyer dans ses foyers. C'était pourtant clair qu'ils n'avaient pas du tout envie qu'elle vienne se mêler de leurs histoires...

— Me revoilà. Heureusement que je leur ai apporté les allumettes, Bernard préparait un feu et n'avait rien pour l'allumer. Je suis tombée à pic. Michel m'a demandé de lui trouver un petit carton et du papier bulles, ou au pire du papier journal. Je crois qu'il veut emporter ses boîtes dès ce soir...

Tout en parlant, Léontine attrape la clé de la cave ; c'est dans l'escalier de celle-ci qu'on entrepose papiers et cartons, et elle ressort chercher ce qui lui a été réclamé. Elle revient quelques minutes plus tard avec le plateau à thé, rince les tasses et reprend sa place en face de Fatima qui s'était remise au travail.

— Michel jubile, c'est sûr, mais les autres ont l'air contents aussi. En tout cas, quand je suis entrée avec le carton, Catherine félicitait Bernard pour le cartel. Odile rangeait le thé et elle m'a très gentiment demandé de le rapporter. Elle avait l'air un peu plus souriante. Quant à Michel, j'avais à peine apporté le carton qu'il commençait à emballer ces boîtes. J'avais bien deviné qu'il s'agissait de cela. Allez, tout ça va s'arranger... J'en étais où, moi, de mes histoires ? Ah oui, à la naissance de Michel... On en a connu des bouleversements, à l'époque. Et un changement de vie pareil, vous pensez si ça vous transforme une femme. D'abord, on a quitté la rue de Grenelle pour venir s'installer ici. Sûrement, un rude coup pour madame, de quitter Paris. Il n'y a pas à dire, ici, à Versailles, vous êtes un peu en province, “ en exil ” comme elle disait. En plus, monsieur Malcuy — le père — est mort à ce moment-là et monsieur a décidé de reprendre la cimenterie de Montpeyroux. C'est pour ça qu'il a fallu changer de train de vie. Finis les sorties, les voyages... Monsieur partait tout seul quelques jours par semaine pour aller surveiller les chantiers, il descendait à Montpellier pendant que madame restait, d'abord avec Bernard, puis avec les deux garçons. Alors, elle qui ne tenait pas en place, elle a tout reporté sur ses enfants, on comprend ça ; elle n'avait plus beaucoup de distractions, monsieur était beaucoup parti... Il fallait bien montrer aux clients que, même s'il habitait Paris, le fils serait aussi efficace que le vieux monsieur Malcuy. Oh, ce n'est pas que ça ait jamais beaucoup rapporté, cette vieille cimenterie, mais monsieur, lui, il y croyait. C'est comme ça, les hommes, mon Ernest était pareil : ils s'emballent, ils s'emballent sans mesurer les conséquences. Monsieur, il avait des tas de projets d'agrandissement, " d'extensions ", comme il disait, il était sûr de faire fortune et il était prêt à tout sacrifier à ces histoires... Tout ça pour quoi, me direz-vous ? Quand on connaît la suite... Vingt ans plus tard, il vendait tout pour revenir à la CGA, après avoir gentiment bouffé la grenouille... En tout cas, à la naissance de Michel, il était là-bas. Il a mis deux jours à remonter. Et on a beau dire, deux jours, c'est deux jours. Ça suffit pour installer une " relation exclusive ", comme ils disent dans les journaux. Parce que moi, ce que j'en dis ou rien... Le père de ma Simone, c'est pas deux jours qu'il a été absent. Il a pris la poudre d'escampette dès qu'il a su que j'étais enceinte de la petite, courageux comme un homme... Alors, vous pensez ! Toujours est-il que la naissance de Michel, c'était pas la fête ! Pas un ami... Trop loin de Paris, sans doute... Juste monsieur Derruau qui est passé. Et tout seul encore parce que madame Derruau, elle n'était pas loin d'accoucher elle aussi — du petit Jean, l'ami de cœur de Michel —, et elle n'avait pas eu le courage de venir. Je me souviens bien de cette visite parce qu'il faisait un temps de chien, une de ces journées de novembre où le jour ne se lève pas. Il s'était même mis à pleuvoir des hallebardes et monsieur Derruau, rien que de sortir de sa belle Delage pour traverser le jardin, il avait eu le temps d'être trempé comme une soupe. C'est moi qui ai ouvert et je l'ai à peine reconnu tant il était mouillé. Il faut dire qu'on les voyait un peu moins depuis qu'on était à Versailles mais quand même... En plus, lui qui ne manquait pas d'air habituellement, qui était partout chez lui, c'est à peine s'il osait entrer. Il restait sur le seuil à dégouliner jusqu'à ce que monsieur finisse par venir voir qui était là. Quand il a vu monsieur Derruau, il a eu l'air surpris, mais il a paru touché aussi. Il faut reconnaître que c'était gentil de s'être déplacé par ce temps de cochon. Bref, il y avait eu peu de visites et pour le baptême, on était loin du tralala qu'on avait connu pour Bernard. Michel a été baptisé, bien tranquillement, à Saint-Symphorien, en famille, avec tante Geneviève, la sœur de monsieur, comme marraine et le notaire Combes comme parrain. Le notaire Combes, c'était un habitué de la famille, c'est lui qui venait de régler la succession du père Malcuy. Monsieur, il avait autre chose en tête que d'organiser des grands raouts, il essayait de sauver ses ciments. On ne peut pas tout faire. D'ailleurs, il n'a pas pu lui consacrer beaucoup de temps à ce petit. Vous me direz, madame lui en donnait pour deux... Mais je crois que monsieur, dans le fond, il aurait préféré une fille. C'est une idée à moi, ça, monsieur n'en a jamais rien dit mais c'est comme ça que je m'explique qu'il ait montré aussi peu d'intérêt pour Michel... Remarquez, il y a autre chose. Je devrais le garder pour moi mais puisque je vous raconte..., je sais bien que vous n'irez pas le chanter sur tous les toits, hein ? C'est qu'ils ne s'entendaient plus si bien, monsieur et madame, à l'époque. Oh, rien de grave mais je crois que madame n'avait pas trop apprécié que monsieur abandonne son poste à la CGA pour reprendre Montpeyroux, pas non plus tellement apprécié de venir s'installer à Versailles. Tous ces sacrifices qu'elle n'avait pas demandé à faire... A tel point qu'à leur arrivée ici ils ont fait chambre à part... Oh, ce n'est pas qu'ils se disputaient mais chacun vivait sa vie. Monsieur se noyait dans le ciment et madame élevait ses fils. La naissance d'Odile, elle tient du miracle, moi, je vous le dis. Et si madame n'était pas madame, on aurait pu penser que...

Léontine éclate d'un rire que l'âge a essoufflé, devant l'incongruité même de l'allusion qu'elle s'apprête à faire, quand Catherine pénètre dans la cuisine.

— Auriez-vous du Scotch, Fatima, dans la cuisine, pour achever notre paquet ?

— Je dois avoir ça dans le tiroir de la table roulante. Je regarde tout de suite.

Fatima s'essuie les mains sur son tablier pour chercher ce qu'on lui demande. Léontine se remet à ses couverts, secouée encore de soubresauts amusés. Peu à peu, cependant, elle retrouve son calme, et même un silence gêné, un peu coupable d'avoir terni, juste par boutade, le souvenir de sa maîtresse. Dès que Catherine ressortira, il faudra qu'elle s'assure que Fatima ne l'a pas prise au sérieux. D'ailleurs, il vaut peut-être mieux qu'elle arrête de lui raconter, comme ça, l'histoire de ses Malcuy. Dans le fond, elle n'est pas vraiment de la famille, elle...

# Chapitre six

Le jeune marquis en jabot, gilet jaune barré d'un large cordon marron, longues basques rosées, culotte à la française fermée sur des bas blancs que prolongent d'élégants escarpins, ouvre une main gourmande vers un buffet monté à la hâte. Assis sur une chaise dont on devine les pieds Louis XV, il a déjà posé sur ses genoux une longue serviette empesée, et invite une jeune femme à partager avec lui ce qui est servi sur la nappe dont les plis tombent jusqu'à l'herbe jaunie. Le poulet est sur la table et attend d'être découpé ; le vin est tiré, il faut le boire... Elle s'approche et abandonne une main tendre sur le bras de l'amant tandis que de l'autre elle pose un doigt sur ses lèvres, intimant le silence, en signe de coquette retenue. Elle laisse voir, sous une robe à panier vieux rose, quelques pans d'un jaune fané, identique au gilet du marquis, recouvrant des foisons de dentelles reprises sur le décolleté et aux manches. Les visages sont tout juste esquissés mais suggèrent un regard complice. Dissimulant l'intimité du couple à l'indiscrétion de passants improbables, quelques broussailles simulent une nature sauvage que la tonnelle ébauchée a tôt fait de domestiquer.

La grâce d'une Régence souriante est tout entière dans ces décors légers et charmants, et je retrouve là ma boîte préférée, celle que j'avais élue enfant, que je cherchais du regard parmi les autres, touché par la simplicité de ce déjeuner sur l'herbe plein de promesses. C'était la première que tu avais eue, me disais-tu ; achetée ou offerte, je n'en sais rien, trouvée sur les bords de la Marne avant ma naissance. Nous souriions tous les trois à chacun de tes achats, un peu étonnés de la fascination que ces boîtes à bonbons exerçaient sur ton goût austère. Bernard y voyait une lubie de la jeune femme inconnue décrite par Léontine, un caprice de jeunesse ; Odile n'y comprenait rien, comme à son habitude. Moi, je sais que l'attachement que tu portais à ces couples galants déguisait les espoirs ou les regrets d'une éducation sans autre complaisance. Bien sûr, rien ne me permet, dans ta vie, d'imaginer la moindre ressemblance entre ces marquises au teint frais et toi. Dieu sait si je l'ai souhaité pourtant...

Combien de fois me suis-je pris à rêver que j'étais le fils d'un autre, d'un père à la Fernand Derruau, riche, ambitieux, fantaisiste... Mais tout porte à croire que je suis bien le rejeton de ce bourgeois rangé, sage et besogneux. Certes, je ne lui ressemble pas et il n'a jamais rien compris à ce qu'il appelait mes atermoiements de fillette. Ai-je simplement essayé d'évoquer avec lui cette mélancolie qui me prenait sans crier gare ? C'est de toi, qui connaissais, qui comprenais cette ombre sournoise de mon âme inquiète, que j'espérais un aveu. Toute ma vie, j'ai attendu que tu me dises de qui je tenais cette impression obsédante de ne ressembler à personne, persuadé qu'un autre sang coulait dans mes veines que celui de Bernard et d'Odile. C'est facile peut-être..., mais quel plaisir que de condamner ainsi, sans un mot, sans un éclat, dans une rêverie fuyante, une sévérité paternelle sans indulgence !

J'ai espéré jusqu'à aujourd'hui que tu finirais par me révéler un élan coupable, une passion adultère dont j'aurais été le fruit ! Mais rien de tout ça ; au contraire, tu brouilles encore les pistes. Tu laisses à Bernard les meubles Malcuy, à Odile les vieux restes de la cousine d'André, tu m'abandonnes les souvenirs de Clarou, berceau de la famille, et nous voilà définitivement unis par le même sang, tous héritiers, tous descendants de ce même père. Dans ces mots émouvants que tu nous as jetés en pâture pour soulager un chagrin que rien ne pourra apaiser, n'aurais-tu pu me dire, me confesser enfin que je suis le fils d'un autre ? Je n'étais pas le seul à attendre une révélation ; Bernard et Odile ne pouvaient cacher leur hantise de savoir derrière leurs pommettes blêmes et leur lèvre tremblante. Face au silence de ces lignes aimantes, je sais bien comment ils auront réagi. A la fois soulagé et déçu, Bernard aura voulu croire que tu ne recelais finalement aucun mystère, qu'il avait inventé de toutes pièces les raisons de cette tiédeur dont il estimait souffrir. Il en conclura que tu avais un penchant inexpliqué, irraisonné pour moi, pour ce frère rival. Mais très vite, il oubliera. Je continuerai de l'agacer, sans plus, car, toi partie, il aura perdu la clé même de cette exaspération. Peu à peu, en grand-père d'album pour enfants, il réécrira une histoire qui n'aura jamais été la nôtre. Il triera dans nos souvenirs ceux qui la rendront lisse et commune. Il inventera une famille unie, une mère idéale, un père présent. Il emplira d'une tendresse moralisante notre raide passé et vieillira serein... Quant à Odile, elle aura eu bien du mal à comprendre le malaise provoqué par tes quelques lignes. Je l'ai vue profiter de l'assiette vide de biscuits pour fuir le vide de tes mots. C'était plus facile de remplir la première... S'attendait-elle à apprendre quelque chose, se demandait-elle seulement ce que ce concert discordant que nous formons tous les trois pouvait cacher de fausses notes ? Elle se sera réfugiée dans les jupes de Léontine, comme autrefois quand la réalité lui enseignait trop brutalement qu'elle n'avait pas sa place parmi nous. Elle ne nous en voudra sans doute même pas et ne te reprochera rien. Quelle explication pouvait-elle attendre de sa plate existence ?...

Moi, en revanche, je ne te pardonnerai jamais de me laisser croire que je suis le frère de ces deux-là, le fils d'un mari que tu n'as pas aimé, je le sais bien. Comment imaginer un seul instant que ce rustaud ait pu satisfaire ta délicate aspiration au bonheur ? Car nous étions faits du même bois, toi et moi, raffiné et exotique. Et tu n'as pu trouver dans cet autre, dont tu me caches l'identité, qu'une communion d'exquises pensées, de sentiments exaltés, de nobles valeurs... Mon père, mon vrai père, ne peut être qu'identique à toi, à moi. Il ne peut rien avoir de commun avec ce retraité à la panse de sénateur, je t'en prie... Quoi que tu n'aies pas dit, je veux continuer de croire à des origines mystérieuses, enfouies dans une gémellité trouble et romantique. Et puis, si tu n'as rien dit, laisse-moi espérer alors que je suis seulement ton fils, ton double... Je cède à Bernard le droit exclusif de ressembler à notre père ; il saura qu'en faire. Il haussera les mêmes sourcils sans couleur, laissera tomber la même épaule droite, claquera machinalement la langue devant les mêmes difficultés, jusqu'à ce qu'on l'enterre avec les ternes honneurs dus à une vieillesse qui s'est prolongée au-delà de toute bienséance.

— Où vas-tu donc loger tout le monde ? Tu vas trouver la place à La Trinité ? La propriété d'Alain ne peut pas accueillir toute la famille, j'imagine. Comment se fait-il, d'ailleurs, que vous n'ayez pas fait ça à Rouvray ? Cela aurait été plus simple pour tout le monde, non ?

— Ah mais, Catherine, ce n'est pas moi qui t'apprendrai que le mariage se passe toujours chez le jeune homme...

Quelle erreur, ma pauvre Catherine ! Quand donc ma femme se défera-t-elle de cette étourderie ? Voilà qu'elle laisse à Isaure le plaisir de la reprendre sur des règles de savoir-vivre élémentaires ! Ah, c'est sûr, elles n'ont pas la même branche : une petite bourgeoise sans prétention, tristement versaillaise depuis plusieurs générations, née rue Sainte-Adélaïde comme sa mère et sa grand-mère, ointe sur les fonts baptismaux de Notre-Dame, éduquée par les ursulines aussi strictement que ses frères par les pères eudistes. Catherine n'a pas frayé, elle, avec les ducs et pairs des soirées parisiennes, en rêvant d'apparaître dans *Jours de France* au bras d'un nom à tiroirs, avec l'espoir que la presse aurait raison des réticences naturelles d'un Mortemart à voir son fils convoler avec une pauvre noblesse bourguignonne, aussi argentée qu'un christ en bois... Quand bien même le fils en question serait un fin de race et la Bourguignonne aurait une croupe à faire frémir tous les vieux oncles aristocratiquement pervers ! Elle s'est contentée de fréquenter gentiment les rallyes versaillais, se faisant parfois quelques émotions dans des caves libertines où s'échangeaient des flirts timides. Résultat : elle ne sait pas, elle, que chez les aristos on se marie chez le jeune homme, contrairement à ce que fait notre bonne bourgeoisie. Enfin, toute cette belle éducation n'a pas empêché Isaure d'épouser sur le tard le frère de ton serviteur ! Et faute de faire mettre un genou à terre au noble faubourg, elle a élevé son lourdaud de mari au rang de châtelain et le voilà maintenant qui joue les gentilshommes fauchés sur ses terres. Parce que les usages du beau monde, en l'occurrence, ils servent surtout à cacher les bassines d'eau de pluie dans les greniers de Rouvray et à éviter aux Gerfaut les dangereux nids-de-poule de l'allée de marronniers...

Cela dit, maman, même toi tu t'es laissé prendre à leur petit jeu. Tu n'as pensé qu'à leur salon rue des Bourdonnais, triste réplique d'Ancien Régime, pour accueillir ce que tu avais de plus beau : la commode tombeau et l'armoire languedocienne. Dieu sait pourtant si Catherine aurait su faire chanter leur noyer avec des étoffes chatoyantes et des couleurs pimpantes. Au lieu de ça, il va être éteint par ces vieux roses ou ces beiges coquille d'œuf qu'affectionne Isaure. Bien sûr, ça nous aurait obligés à changer tout le salon mais les deux dossiers plats de la rue de Luynes faisaient déjà un joli début. On aurait mis le tableau de l'oncle François au-dessus de la commode et, un jour peut-être, on aurait acheté une duchesse brisée... J'ai toujours rêvé de relire le *Bloc-Notes* allongé sur une duchesse, plutôt que sur ma banquette Empire ! Et puis, on aurait pu compléter l'ensemble avec le petit dos-d'âne de tante Jeanne — je devrais dire d'Odile maintenant, mais ça me rend malade de penser que tout ça va aller chez elle... Il est un peu plus clair, mais ce serait toujours mieux que les lourdes colonnes en acajou du secrétaire de ton frère... Oh, je ne dis pas qu'il est laid, au contraire, c'est de la belle ouvrage... Et puis, je t'ai vue tant de fois t'asseoir devant lui, j'ai passé tant d'après-midi à épier les mouvements de ta nuque découverte par ton chignon relevé, sagement penchée sur ton courrier... Je somnolais dans ton lit, presque assis contre ces gros oreillers qui devaient m'empêcher de tousser, écoutant la jeune fille en prière sonner les heures métalliques sur son socle doré. — Encore une chose que tu as donnée à Bernard, d'ailleurs, quand il s'est marié... — Je regardais le soleil tourner dans la chambre, sortant de l'ombre un catalogue d'objets à la Prévert. J'aimais voir cette marine boulonnaise sans grande valeur prendre tout à coup des couleurs d'été avant de retomber dans l'obscurité d'une tempête océane. Je fermais les yeux quand les rayons hivernaux soulignaient le sourire contrit de ton Christ souffrant, craignant de l'entendre soupirer. Quand le pâle éclat de l'astre versaillais, à jamais terni par ce roi orgueilleux qui lui avait volé son âme, venait mourir sur le coussin rebondi de la bergère Louis XVI, je savais que j'allais entendre se fermer le battant du secrétaire. C'était le signe que je devais rejoindre mes appartements et subir les soins efficaces de Léontine pendant que tu te préparais pour le soir, pour ces heures où tu ne m'appartiendrais plus... Alors finalement, j'y tiens à ce secrétaire ; il fera très bien dans notre salon qui prendra l'odeur âcre et nostalgique de son vieux maroquin. Non, je regrette juste que nous ne t'ayons pas paru dignes du mobilier Régence, car c'est bien ce qu'il me faut comprendre dans ce partage... On ne doit pas être assez bien...

Pourtant, sois honnête, ce n'est pas la distinction de Bernard qui l'étouffe !... Je ne dis pas qu'il fait peuple, il reste racé, mais parfois, au volant de sa Mégane, il n'est pas loin du bourgeois de promotion. Isaure, elle, t'en a toujours un peu imposé, et pourtant il en fallait beaucoup pour t'impressionner. Mais ce silence qu'elle entretient aussi proprement que son intérieur, nous avons tous commencé par le prendre pour du dédain. Moi-même, j'étais persuadé qu'à peine mariée ma noble belle-sœur s'était rendu compte de son erreur et que son mutisme n'était que le rejet du greffon aristocratique sur nos racines bouseuses. Tu devais penser comme moi et, dans le fond, tu ne pouvais que la comprendre : elle avait l'attitude que tu avais adoptée à Clarou, emplie de cette supériorité parisienne. J'étais sûr qu'à la première occasion elle se déferait de mon frère pour retourner à Rouvray. Il a fallu ce secret de Polichinelle mal dissimulé par un Bernard charnellement envoûté pour qu'on comprenne qu'à l'image du lierre elle mourrait là où elle s'était attachée. Elle devait être amoureuse de son chauve de mari, puisqu'il pouvait la tromper ainsi impunément. Restait donc à ennoblir l'assureur timoré frappé du démon de midi, et le vieux baron s'est empressé de le faire seigneur de Rouvray, convaincu que le sel de la terre le retiendrait mieux que les larmes de sa fille !... Quant à nous, nous voilà cantonnés dans notre salon Empire. Dieu sait pourtant si j'aurais su à merveille, et bien mieux que Bernard, jouer les aristos, traînant des velours élimés sur des tapisseries défraîchies, usant des vestes anglaises sous la pluie fine de mes propriétés, me nourrissant d'endives au jambon pour pouvoir offrir un vieux cognac sans âge. Mais tu reconnaîtras que je n'ai pas été aidé par la vie...

C'est bien normal que tu aies essayé de compenser parfois. Est-ce faute de mieux que tu me fais héritier aujourd'hui des mythes familiaux ? Pour qu'à défaut de titre j'aie au moins des histoires à transmettre à mes enfants. C'est sûr que de nous trois, je serai le seul à savoir raconter l'histoire du tableau de l'oncle François, ces *Trois Grâces* sorties de l'eau devenues par la magie de l'expertise trois nymphettes sans grâce. Je tiens à te dire que j'aurais su tout aussi bien raconter le calvaire de la console de Ganges barrée au fer rouge par les chevriers du Larzac. Mais tu as préféré laisser à Odile la demoiselle châtrée ; je veux bien croire que le symbole t'ait amusée. Mais le comprendra-t-elle seulement ? Elle va surtout s'inquiéter de savoir où la mettre dans son petit appartement de la rue Mademoiselle. Elle va l'essayer ici ou là et finira par la caser dans son entrée. Si encore elle ne pose pas son téléphone dessus !... Ce que je ne parviens pas à comprendre, c'est qu'en plus tu lui aies laissé vos deux portraits d'enfant. Non pas que j'eusse souhaité avoir celui d'André ; je ne vois pas ce que j'en aurais fait. Mais le tien... je l'aurais mis dans notre chambre, à la tête de notre lit. J'aurais gardé au-dessus de moi le regard espiègle de ce pastel bleuté, le sourire fané de ton enfance dorée... Oh, tu ne m'as pas privé de souvenirs : l'horloge de Clarou résonne encore de tes suppliques excédées, « laissez-le donc, ma mère, vous voyez bien qu'il n'a plus faim... », le tableau, les dossiers plats. Ces deux-là, tiens, je veux les placer dans mon bureau, devant la fenêtre. Catherine les recouvrira d'une jolie soie brochée. Je veux garder pour moi ce qui vient des La Fresnaye, le confiner dans mon antre masculin, l'isoler des regards indiscrets, envieux peut-être. Que personne ne m'interroge sur des souvenirs que je me réserve... et que je ne veux plus partager qu'avec toi. Les La Fresnaye sont morts avec ton frère sur le champ de bataille. Tu n'as pu donner naissance qu'à des Malcuy mais je saurai, je te le jure, recréer dans mon bureau, derrière la porte fermée aux intrus, l'atmosphère du salon de la rue de Luynes. Tout seul, assis sous le tableau, dans l'un des dossiers plats, je tournerai le regard vers le jardin où des marronniers semblables à ceux de ta jeunesse continueront la conversation interrompue le jour du départ de ton frère...

Mais rien n'y fera, je ne suis pas celui que je méritais d'être, et pourtant, reconnais-le, de tes trois enfants je suis celui qui aurait le mieux fait office de gendre idéal au faubourg Saint-Germain, n'en déplaise aux Du Plessis d'Armor. Mais ton baron par alliance, c'est Bernard... Et quel que soit le fils élu par le destin, tu n'étais pas peu fière de renouer, à travers lui, avec ce que tu avais quitté en te mariant. Alors, bien sûr, tu as toujours montré une légère préférence pour Catherine et feint une certaine froideur envers Isaure. Bernard dirait que tu m'as toujours réservé l'essentiel de la tendresse que tu étais capable de donner. Mais moi, je suis bien sûr que cette fragile iniquité cherchait à compenser la chance qui s'entêtait à servir les intérêts de ton fils aîné. Du petit portefeuille d'assureur au manoir bourguignon, le baron aura décidément tout fait pour cacher l'indigence de son gendre aux salons aristocratiques qui ouvraient une porte dérobée à cet ambitieux malgré lui.

Le frère d'Isaure n'a pas manqué de nous le faire sentir, d'ailleurs. Pas facile de digérer un beau-frère Malcuy... Je m'en souviens comme si c'était hier, de ce grand mariage très chic, sous le regard goguenard du baronnet. Isaure avait charitablement proposé que le mariage ait lieu à Rouvray pour faire oublier que Clarou n'était plus qu'un souvenir depuis dix ans. Nous étions partis là-bas, te souviens-tu, dans la vieille guimbarde d'André. Pendant qu'il conduisait avec l'extrême sérieux qu'il mettait dans tout ce qu'il faisait, tu récapitulais pour un auditoire distrait la liste des invités et les titres qu'il allait falloir donner aux grands-tantes attendries, à l'oncle sénateur de l'Yonne, au cousin grand d'Espagne et à toute cette noblesse sans perruque... J'avais vite renoncé à apprendre par cœur l'arbre généalogique aux branches duquel allait désormais pendre mon frère comme un épouvantail et je te laissais parler, bercé par cette psalmodie de particules.

Il faisait doux en ces premiers jours de mai et la Bourgogne prenait ses couleurs printanières. La vigne laissait apparaître quelques bourgeons sur les collines qui précédaient Avallon. J'étais partagé ; je me sentais soulagé de voir partir Bernard, trentenaire à la calvitie précoce qui allait enfin quitter la maison, mais je lui en voulais aussi de m'abandonner à notre triste sort. L'un et l'autre, nous attendions villa Bachelin que l'avenir vienne brusquer notre indolence dépressive. Oh ! ce n'est pas que nous piaffions sous la marquise fêlée, impatients de goûter à l'ivresse d'expériences nouvelles : rien ne vaut l'atmosphère confinée d'un intérieur familier. Bernard labourait consciencieusement un code pénal aride pendant que moi, je m'étendais sur mon lit en faisant mon oreille aux sonates de Chopin. Le soir, nous dînions face à un André que la CGA avait daigné reprendre dans ses rangs pour lui offrir une retraite honorable. On lui conseillait d'ailleurs de la prendre sans plus tarder... Pour donner le change à une famille sans illusions sur ses talents d'homme d'affaires depuis la faillite pathétique de Montpeyroux, il feignait de revenir exténué de comités de direction éprouvants et de conseils d'administration interminables. Quand nous savions tous qu'il avait invariablement prolongé la journée en faisant le tour des vitrines du Carré Voltaire... Le pire, c'était sans doute ces déjeuners du dimanche passés à comparer les différents saint-honoré de la rue de Montreuil, à pinailler sur l'orthographe d' « un tien vaut mieux que deux tu l'auras ». Vers trois heures, tu proposais invariablement d'aller faire un tour du bassin de Neptune et, invariablement, Odile se dévouait pour t'accompagner. Nous restions tous les trois ; André se réfugiait dans son bureau quand il ne fuyait pas la compagnie de ses fils au Cercle militaire ou ailleurs, pour trouver, où qu'il se rendît, une chaleur qui ne nous réunirait plus. Bernard grignotait dans la cuisine entre deux siestes estudiantines, attendant que la nuit tombe pour se rendre à la messe du soir où il gardait l'espoir de rencontrer une vieille cheftaine barbue en quête de fiancé. Moi, je rêvassais, m'imaginant le héros de scénarios que ma paresse même m'empêcherait toujours de jouer.

Dans cette voiture qui fumait en grimpant les côtes, j'en voulais à la bonne fortune qui choisissait encore une fois ce frère qui n'en avait pas plus fait que moi pour la mériter. Arrivé devant le perron de Rouvray, ma jalousie fut encore attisée par l'air satisfait du futur propriétaire qui tenait sa fiancée par la taille comme pour mieux embrasser l'avenir enfin prometteur qui s'ouvrait devant lui. Il s'est bravement campé devant sa piteuse famille et, grand prince, il t'a aidée à t'extraire du vieux tacot fumant. J'ai surpris, derrière, le sourire narquois du beau-frère et je me suis senti rasséréné. Mon frère aurait beau faire, il ne serait jamais complètement l'un d'eux ; l'état civil d'un homme ne s'efface pas. Comme moi, Bernard ne sera jamais qu'un Malcuy.

Pendant toute la journée qui a précédé le mariage, j'ai erré dans cette propriété entretenue, au milieu des parterres joliment composés, sous les allées taillées, sur les pelouses tondues. Comme à Clarou, je fuyais les discussions convenues qui s'éternisaient sur des nappes blanches aveuglantes. A table, on m'avait assis à côté de Claire, la jeune sœur d'Isaure, persuadé que nos âges concordants supposaient des intérêts communs. Je soupçonne même Bernard d'avoir manigancé une autre alliance possible ; non par affection fraternelle, par souci de mon bonheur, mais bien avec cette charité chrétienne pleine de condescendance qui a le don de me hérisser. Cette pauvre Claire était d'une sottise qui n'avait d'égale que la hauteur de son chignon crêpé, et je t'ai vue encore hausser des sourcils mi-sévères mi-amusés quand je me suis levé avant le dessert. Je ne pouvais feindre d'aller prendre l'air ; nous avions la chance d'avoir un temps exquis, c'était « une de ces journées de début de printemps comme seule la Bourgogne sait en offrir » et nous étions dehors. J'étais inexcusable, mais je ne pouvais tenir en place. J'étouffais à pétrir des boulettes de mie pour tromper mon ennui, à écouter des conversations indigentes dans ce décor figé. Nulle part, dans le parc, on n'avait laissé un arbrisseau pousser sans tuteur, une herbe folle mordre sur l'allée et, en cette veille de mariage, une armée de jardiniers en tenue avait ratissé les gravillons, taillé les haies et planté les soucis. Mais tout au bout de l'allée de marronniers qui aurait dû abriter les amitiés du Grand Meaulnes, j'ai fini par trouver un petit étang à l'abandon. Je me suis allongé sur sa rive boueuse et j'ai regardé les heures traverser le ciel clair et léger, comme à Clarou. En fin d'après-midi, alors que tombait le serein, je rejoignais la pelouse centrale où une escouade de jeunes gens sains et volontaires montaient une tente rayée à grands renforts de cris exagérés et de rires salaces, pleins d'espoir pour les mariages à venir que ne manquent pas de provoquer les mariages présents. Chaque célibataire, d'avance émoustillé, enterrait ainsi sa vie de garçon ou de jeune fille avant même d'avoir rencontré l'âme sœur, sûr de suivre au plus vite l'exemple des vieux fiancés. Ceux-ci participaient à cette excitation prématurée alors que vous, vous aviez recréé la raideur d'un salon parisien autour de la cheminée de la bibliothèque. Bernard m'a embauché, convaincu d'agir pour mon bien. J'ai trimballé les tables louées avec le beau-frère qui cachait mal son dédain et sa vexation sous une ironie feutrée.

Le lendemain n'a été qu'une succession de scènes attendues, jusqu'aux larmes émues d'Odile. Placé au premier rang derrière le marié, je t'ai vue remonter la nef, tenant serré le bras de Bernard sous le tien, les traits du visage crispés dans un sourire de circonstance, les yeux cachés par les bords de ta capeline de cérémonie. Tu as lâché ton fils au pied des saints autels, en marquant un temps d'arrêt — chagrin, émotion, soulagement ? — avant de venir nous rejoindre sur le banc. Tu t'es glissée entre André et moi, tu as posé ta pochette à tes pieds, attrapé la feuille de messe, raclé une gorge un peu sèche, le temps de te composer un visage impassible, mais j'ai bien entendu, moi, ce soupir à peine audible que ton orgueil ou ton amour de mère a lâché à contrecœur. Ce jour-là, j'ai su que je me marierais aussi, pour t'arracher ce même soupir. Je préfère oublier le cocktail insipide, le dîner interminable et ses discours sans goût. De nouveau placé à droite de l'oiseuse Claire, je n'avais pas trouvé plus consistant à ma droite ; la cousine Brigitte de la Bellonière aurait été un parti convenable si elle n'avait pas été bête à manger du foin. Désormais seul à table, enfin libéré de mes commensaux par les premières mesures viennoises d'un bal qui durerait la nuit, j'étendais mes jambes et allumais un de ces petits cigares qu'à l'époque je m'étais mis à fumer. Le bruit, cependant, m'empêchait de jouir du plaisir de voyeur, seule satisfaction que je m'attendais à connaître ce jour-là. Je sortis de la tente et trouvai une chaise en fer forgé dans un coin de la pelouse étoilée. Je regardais le ciel à travers les volutes sombres de la fumée que j'expirais. Je n'étais pas bien loin d'un groupe que je ne pouvais manquer d'entendre. Des rires fusaient et je reconnus vite, au milieu des crécelles féminines, celui du baronnet dépité. Le champagne avait dû endormir sa susceptibilité et il avait décidé de rire de la situation plutôt que d'en pleurer.

Tout le monde y passa ; il n'épargna personne et je vis passer dans sa voix un défilé de grotesques à la Bernin. Il n'avait pas raté le chapeau à cerises de tante Jeanne qui était montée de Montpellier en le

« pliant » bien soigneusement dans un papier de soie, toute contente d'arborer le bibi printanier que Coqueline, faiseuse de la rue de l'Aiguillerie, lui avait confectionné exprès pour ce mariage parisien. Il avait imité son air pincé tandis qu'elle s'attachait à gommer son accent ou évitait de malmener les cœurs de pigeon qui menaçaient de se décrocher. Les dindes qui l'entouraient gloussaient sans charité. Avaient suivi tante Geneviève et son vigneron de mari à la mèche bleu corbeau, puis le tailleur chanélisant d'Odile : « N'est pas Coco qui veut... » Avaient défilé les Combes, les Derruau, les Pujol et autres barons de Caravette dont la prose sentait l'huile d'olive. Oh ! je n'avais ni le cœur à rire ni le talent d'une riposte à la Cyrano mais je trouvais notre baronnet peu inspiré. Il y avait bien des travers chez nos Montpelliérains arriérés et chez nos Versaillais étriqués que ce Du Plessis d'Armor aurait pu croquer avec un peu d'esprit mais, s'il est très chic, il n'a jamais brillé par son intelligence. En tout cas, cela semblait suffire à ces princesses de sang qui, ne se distinguant pas non plus par leur esprit critique, pouffaient en dissimulant des dents qu'on leur avait appris à cacher : « Ne ris donc pas comme une jument, s'il te plaît. » Quant à moi, je ne pus m'empêcher de sourire quand il ajouta que mon père portait la jaquette aussi naturellement qu'un magot chinois. Il continua ainsi, infatigable, sans se soucier d'un auditoire qui commençait à s'essouffler, peu habitué à maintenir une attention frivole plus que le temps d'un sermon, jusqu'à ce que le couperet tombe : « Ils sont finalement très province, tous ces Versaillais. »

Le marigot parisien snobait le marécage versaillais et Bernard ne serait jamais qu'un pêcheur d'écrevisses pataud sur la pièce d'eau des Suisses. Quelque vicomte passant par là entendit prononcer le verdict sans appel et se saisit de l'occasion pour entraîner vers la tente les robes trapèze, un peu inquiètes de lâcher un bon parti mais pas mécontentes d'aller se réchauffer dans un twist mondain. Les rires s'éloignèrent et Aymar Du Plessis d'Armor se retrouva seul avec ce qui devait être quelque camarade de chambrée.

Une odeur verte et sucrée montait de l'herbe, subitement pénétrée par l'âcre parfum de la blonde que le baronnet venait d'allumer. Il reprenait son souffle après ce chapelet d'épigrammes grinçantes et moi, je m'apprêtais à me lever, écœuré et brutalement touché par ces grotesques qui étaient quand même les miens. J'allais les rejoindre, là-bas, quand la voix reprit sur un ton beaucoup plus grave. Il me fallait désormais tendre l'oreille pour entendre mais, vaincu par la curiosité, j'acceptai de boire le calice jusqu'à la lie.

— J'en ris, tu vois, Arnaud, parce que j'ai bu... et parce que, de toute façon, je n'attendais rien d'autre de ma sœur. Dieu sait pourtant si je l'ai aimée. Elle était si bonne avec l'enfant capricieux que j'étais. Et puis surtout elle a vu ; elle a vu mon père s'obstiner à faire de moi un homme, convaincu que depuis des générations c'est par le châtiment corporel qu'on devient baron... Quand il me lâchait le bras, qu'il remettait sa ceinture et que je rentrais ma chemise dans mon pantalon, le dos aussi rouge et brûlant que les yeux, elle aussi avait un regard humide, où la compassion se mêlait à la terreur... L'adolescence nous avait éloignés mais ce sont quand même ses lettres que j'attendais en Algérie. Quand tu pisses de trouille pendant ton quart, que la lumière blafarde du feu de camp multiplie les ombres en mouvement, créant toutes sortes d'ennemis chimériques, que tu comptes les minutes comme autant d'instants miraculeusement gagnés sur la mort, tu te raccroches à n'importe quelle superstition idiote. Alors j'avais toujours ses lettres sur moi, dans la poche de ma chemise, comme un bouclier. Pareil quand on partait en expédition dans les Aurès, persuadés que derrière chaque taillis, chaque fourré il y avait un fellaga caché, prêt à nous saigner comme des lapins. Et ça a marché ; je suis revenu, entier. Si on revient jamais entier d'un enfer pareil... Oh ! excuse-moi, je ne voulais pas...

Je remarquai alors la manche vide, cousue sur l'épaule, de son confident.

— Ne m'en veux pas ; j'ai trop bu ce soir. Je dis n'importe quoi. Mais tu sais ce que c'est pour moi, ce mariage... Non, dans le fond, tu ne peux pas comprendre et pourtant, tu es bien placé pour savoir que je n'aurai jamais d'enfants. Les seuls descendants Du Plessis d'Armor seront des Malcuy, les enfants de ce petit bourgeois de province. Tu n'imagines pas ce que ça représente de devoir se contenter d'être l'oncle de la famille. C'est d'autant plus dur que ces neveux et nièces seront toujours des mulets...

La pitié l'emportait sur la colère et je souffrais pour ce jeune soldat qui se voyait lucidement mourir en vieille tante désabusée. Je lui en voulais d'avoir fait rire un peu trop facilement ce parterre imbécile de jeunes filles en fleurs sur le dos d'une famille que, tout à coup, j'aurais fièrement défendue. Mais finalement, même si moi, je n'avais rien d'un petit enfilé, j'éprouvais à l'époque le même sentiment décevant, frustrant, de devoir être l'oncle des enfants de mon frère. Je m'en serais voulu de surprendre plus longtemps cet abandon douloureux et je rejoignis la fête qui, forcément, battait son plein, oublieuse des rabat-joie que nous étions. J'abandonnais sur la pelouse ma haine et mon envie, penaud d'avoir rejeté le bonheur de mon frère en prenant pour prétexte une souffrance complaisante et solitaire. Mais brutalement, je n'étais plus le seul à souffrir, je n'étais peut-être même plus, pour une fois, celui qui souffrait le plus. Le sentiment d'injustice qui m'étouffait depuis que je m'étais engouffré dans le tacot fumant de notre père n'avait plus de raison d'être et j'éprouvais même une certaine compassion pour Bernard qui devrait manœuvrer dans les eaux troubles de nouvelles blessures familiales, moins familières que ces rivalités que nous avions apprivoisées.

Ce qui a ravivé une jalousie presque éteinte, c'est de voir le peu de cas que vous avez fait ensuite de notre mariage à Catherine et à moi. Durant les deux ans qui ont suivi ces brillantes noces, j'ai partagé une sage douleur avec le baronnet, résigné à accepter l'inéluctable : la naissance de Pierre-Louis, le fils, l'héritier, qui avait bien pour défaut de ne pas porter le nom de sa mère mais qui assurerait la pérennité de deux familles en voie d'extinction. Nous n'étions, nous, que des boutures ratées. Je m'étais même habitué, avec peut-être une certaine jouissance, à voir finir avec moi une lignée dont je n'étais pas certain d'être le descendant. Rien dans la paternité ne m'intéressait, et sûrement pas la postérité, persuadé que les êtres portés par une femme qui vivrait à mes côtés pourraient bien n'avoir rien de moi. Même aujourd'hui, quand je vois Anne-Laure, François et Philippe, j'ai beau reconnaître leurs traits, le timbre de voix des garçons, le regard myope de l'aînée, je sais bien qu'ils n'attendent rien de moi, et d'ailleurs je ne saurais que leur donner. Le seul lien d'un enfant, il le tisse avec sa mère, tu es bien placée pour le savoir...

Bref, je m'installais dans un célibat qui me maintenait dans les limbes inféconds de l'enfance. Et puis, j'ai rencontré Catherine. Je traînais à des heures indues dans la bibliothèque Sainte-Geneviève. Pas pour y travailler, oh non, depuis plus de dix ans que je vivais déguisé en étudiant plus personne n'était dupe, mais j'aimais le silence concentré, la chaleur assoupie, le va-et-vient des jolies jambes chargées de livres. J'élaborais des stratégies compliquées, fouillais les catalogues pour trouver l'ouvrage qui ne sortait jamais, que les magasiniers ne trouveraient pas et qui serait le prétexte d'une attente longue et oisive. Car ce que j'aimais avant tout, c'était de voir tomber la nuit derrière les fenêtres trop hautes, de voir la salle s'allumer pour la soirée et les étudiants se mettre à bâiller. Il ne restait plus alors que les vrais amateurs de bibliothèques, ceux qui ne viennent pas y consommer du livre mais qui viennent s'immerger dans l'ambiance feutrée des mots vagabonds... Un soir où j'étais justement plongé dans les *Rêveries du promeneur solitaire*, j'ai vu s'asseoir à mes côtés une jeune étudiante en lettres qui se cacha vite derrière de trop grandes lunettes et une pile d'ouvrages sur le Parnasse. Cette adolescente mal dégrossie qui, sans succomber à la mode, préférait Sully Prudhomme à Boris Vian intrigua l'anticonformiste que j'étais. Elle avait d'abord été agacée par ce trentenaire lubrique qui profitait de la nuit tombante pour séduire les étudiantes solitaires. J'ai la faiblesse de croire qu'elle a vite compris qu'il ne s'agissait pas d'une banale scène de séduction de ces films qu'elle aime tant. Dans un conte de la vie ordinaire, nous aurions fini la nuit ensemble. Tu te doutes bien que tel ne fut pas le cas ; j'ai fait une cour digne de ce nom, faite de « Pléiade » débusqués sur les quais, de bouquets de roses rouges et de rendez-vous culturels. C'est à la sortie du Trocadéro que je l'ai enfin enlacée, après une exposition d'art contemporain où elle s'évertuait à me faire comprendre un art moderne qui m'était inaccessible : elle se refusait à croire que j'étais d'un autre siècle. Ensuite, bien sûr, nous avons pris une avance sur le calendrier officiel qui vous a rebutés, André surtout, car j'ai toujours pensé que ta colère à toi avait été plus officielle que sincère.

Vous auriez dû vous réjouir pourtant : seule Catherine pouvait me tirer de ce donjon confortable où je m'étais moi-même retranché, bien décidé à passer ma vie à mourir. Elle était enceinte d'Anne-Laure, soit, mais reconnais qu'en 64 c'était un crime ordinaire, même dans nos familles. La morale intransigeante d'André, cependant, n'a jamais su plier ; en fin roseau, tu as bien essayé de lui enseigner la souplesse mais c'était sans compter avec l'exaspération mutuelle qui était devenue notre seul lien. Nous nous sommes mariés un 22 décembre ; il s'était laissé convaincre de venir mais il avait refusé de faire le moindre effort pour fêter ce qui ne méritait pas de l'être ; ce mariage indécent serait célébré dans la plus stricte intimité. La famille de Catherine n'était pas au complet, son frère était en mer et rentrait le 26, peu importe ; il fallait au plus vite régulariser la situation. De notre côté, le notaire Combes était là avec sa femme, ainsi que monsieur Pierre et mademoiselle Berthemy, les deux partenaires de bridge du mardi soir. Nous étions entourés d'Odile, de Bernard, d'Isaure qui portait dans ses bras l'héritier et en son sein le cadet, et il nous avait fallu choisir parmi ces relations imposées par la vie les témoins d'un sacrement qu'on allait nous accorder du bout des lèvres. Jean Derruau était là, heureusement, le frère de Clarou qui, malgré un début de carrière qui augurait bien de la suite, continuait de montrer une tendre indulgence pour ma paresse existentielle.

La place Saint-Symphorien était blafarde sous la triste lumière des guirlandes électriques de Noël, le rond-point sans fleurs flottait sur les pavés qui luisaient sous les phares des rares voitures alors que nous nous engouffrions dans l'église déserte. A peine chauffée pour une bénédiction qui ne devait pas durer, elle avait pourtant la douce tiédeur des lieux protégés. Il s'en dégageait une odeur dévote, mélange du cuir des doubles portes cloutées, de la cire des bancs de bois et de l'encens dissipé. Je remontais l'allée centrale à ton bras et dans le silence : l'organiste qui préparait en famille les fêtes de Noël avait été dispensé de venir. Tu frissonnais et j'osais croire que c'était l'émotion qui provoquait ce touchant tremblement. Je levais les yeux vers les vitraux contre lesquels cognait le noir de la nuit, fort de cette protection qu'apportaient les piliers, les toiles sombres et les saints dorés. Au pied de l'autel nous attendait le père de Place, morose et enrhumé. Il avait gardé sous son aube une grosse écharpe noire tricotée par quelque bonne âme de la paroisse qui connaissait sa faiblesse hivernale. Il avait jeté avec mauvaise grâce l'étole de l'avent par-dessus. Il fourrait ses mains aux pieuses engelures dans les poches de l'aube dès qu'elles n'étaient pas astreintes à quelque geste cérémoniel, ou qu'il ne les sortait pas pour se moucher sans discrétion. L'effort lui en coûtait ; il aurait tant préféré attendre au chaud, devant la cheminée du presbytère, le potage du soir. Nous avons échangé Catherine et moi un consentement que j'espérais d'une ferveur émouvante. Elle a lâché un oui profond en serrant des épaules frigorifiées sous son étole de velours. Quant à moi, j'ai lancé un oui triomphant vers la voûte ; j'avais décidé d'y mettre du mien, je voulais que cette seule promesse d'adulte que je serais jamais capable de faire résonne avec force. Privés d'eucharistie par le curé pressé d'aller faire chabrol, nous avons bien vite signé ; après Catherine toute tremblante, j'apposai mon paraphe de bourgeois gentilhomme que Bernard trouve grotesque. Pour la sortie, le père de Place avait jugé tout aussi inutile d'ouvrir la grande porte que de faire jouer les orgues. Nous nous sommes tous engouffrés dans le tambour latéral pour retrouver la nuit pluvieuse et le parvis glacé. Foin de félicitations, nous nous sommes précipités villa Bachelin où nous attendait un apéritif dînatoire qui ne dégela ni la situation ni les invités. J'ai bien vu à ton regard piteux que tu aurais préféré m'offrir quelque chose de plus digne ; tu as essayé à ta manière d'accueillir Catherine au sein de cette famille disgracieuse mais c'est de lui, de ton mari, que j'aurais attendu les mots qui frappent, ceux qui imprègnent d'une solennité un peu convenue les moments graves. Ces mots ancestraux qui, rapportés, font sourire mais qui, prononcés, font frémir : « Tu es désormais une Malcuy, c'est une profonde joie pour notre famille, tu peux compter sur elle comme elle compte sur toi pour la faire perdurer... » et autres déclarations impérissables qui ne manquent ni de panache ni de ridicule et qui balisent une vie. Il a refusé d'inscrire ces propos fondateurs dans l'histoire de son fils... Mais le suis-je seulement ? N'en doutait-il pas, lui aussi ? Je ne saurai jamais si tu lui avais confessé cette infidélité dont j'espérais, moi, la révélation...

Reste à empaqueter ces petits cercles dorés, imparfaitement ronds, les protéger de ce papier à bulles que m'a apporté cette brave Léontine. Ces boîtes sont ce que tu pouvais m'offrir de plus intime, et les deux autres me regardent faire avec envie. J'aimerais y trouver le secret de ton âme, découvrir qu'un amant imprudent a laissé traîner dans l'une d'elles une déclaration, deux prénoms à l'encre effacée cachés dans un couvercle. Je me serais même contenté d'un couple de pronoms, la robe à panier c'est toi, le gilet barré c'est moi ; mais voilà la dernière empaquetée et la collection a gardé un silence pudique sur les promesses du déjeuner sur l'herbe.

## Chapitre sept

Les trois belles-sœurs œuvrent dans la cuisine pour faire de restes oubliés un semblant de repas. Fatima et Léontine ont été congédiées ; nul besoin de les garder, de les payer, pour servir un dîner simple et rapide. Michel s'apprêtait à regagner son appartement pour installer déjà ses fixés-sous-verre sur le guéridon du salon et savourer un deuil solitaire quand Bernard et Odile avaient suggéré de finir la soirée ensemble, en quête sans doute d'une ultime chaleur, d'un dernier partage. Catherine avait accepté avant même que Michel n'ait le temps de se fabriquer un prétexte pour se retirer dans son chagrin. Odile achève de ranger les tasses à thé qui séchaient dans l'égouttoir, pendant qu'Isaure et Catherine bricolent une salade composée et coupent un bout de gigot qui traînait dans le frigidaire. Un peu de cantal et du raisin muscat feront l'affaire pour finir. De toute manière, on ne mange jamais beaucoup le soir, on dîne léger...

— Il y a une chose qui me ferait plaisir, c'est de récupérer ce petit plateau à thé, dit Odile en revenant de la salle à manger, le plateau vide à la main. Oh, ce n'est pas qu'il ait une grande valeur, mais il est plein de souvenirs pour moi... Pratiquement tous les jours, je venais prendre ma petite tasse de thé avec maman. J'arrivais vers quatre heures ; l'eau m'attendait en bouillant dans la cuisine. Maman tenait à allumer elle-même sous la casserole ; ça lui donnait l'occasion de sortir un peu de son *Figaro*, plutôt que d'attendre dans sa bergère mon double coup de sonnette. On causait, on commentait le carnet mondain et le prix des asperges, on se félicitait du déménagement des voisins trop bruyants et du printemps qui pointait, on critiquait le dernier Pivot et les nouveaux réverbères de la ville.

— Ça, il faut bien reconnaître que ce n'est pas une réussite, ponctue Catherine.

— Quand le temps s'y prêtait, reprend une Odile toute à son évocation, on sortait dans le jardin et elle me montrait son premier bouton de rose. Plus jeune, elle en profitait toujours pour arracher quelque mauvaise herbe. Plus âgée, elle me demandait de prendre le sécateur et nous cueillions la brassée de roses du matin qui ferait le bouquet du salon. Elle prenait l'air quelques minutes avant d'aller se rasseoir dans sa bergère et je la rejoignais avec les fleurs qui trempaient leurs tiges gourmandes dans une eau transparente.

— Comme elle aimait ses fleurs, ta mère, interrompt Isaure, il y avait toujours chez elle des bouquets ravissants.

— Les roses du jardin sont tellement parfumées... L'hiver, on se serrait autour du radiateur — elle était si frileuse, maman —, et elle m'envoyait chercher dans sa chambre quelque facture à régler, quelque devis de restauration à étudier. On discutait, je rédigeais le chèque et elle signait.

— C'est vrai que depuis la mort de ton père, elle demandait souvent à Bernard de passer pour régler toute la paperasserie, complète Isaure. Elle n'avait jamais pu s'y faire.

— Avec moi, il s'agissait toujours de bagatelles, mais ces petits riens, dans le fond, c'était tout. Parce que maman, le moins que l'on puisse dire, c'est qu'elle n'était pas expansive...

— Michel s'en est si souvent plaint, approuve Catherine. Combien de fois j'ai pu lui répéter que les gens sont comme ils sont, que ce n'était pas la peine d'attendre de votre mère ce qu'elle ne pouvait pas donner ! Mais je suis sûre qu'il a espéré jusqu'au bout je ne sais quelle confession, je ne sais quelle déclaration...

— Je crois qu'on les a attendus tous les trois, ces mots-là, mais elle n'a jamais su les dire. Quand je l'appelais pour l'avertir que je ne pourrais pas passer pour une raison ou pour une autre, il fallait que je devine, dans l'indifférence tout juste affectée, à peine exagérée de sa réponse, sa déception d'avoir à ranger ma tasse propre. J'ai su par Fatima que bien souvent même elle rangeait les deux et se passait de ce thé indispensable. J'ai compris très tard ce que ce parfum de bergamote renfermait de tendresse inexprimée et que je devrais me contenter de ces vapeurs confidentielles... Par moments, elle se laissait aller à un bref commentaire du passé, elle ébauchait un regret, esquissait un remords, sans que jamais se dessinent pour autant les contours fermes d'un souvenir reconnaissable... Vous n'avez pas besoin de moi ? Je file à la salle à manger finir le couvert.

Elle sort. Isaure et Catherine continuent leurs tâches respectives, dans un silence de bénédictines recueillies. L'une dispose harmonieusement les cornichons sur le plat de viande en argent ; il n'est pas question pour Bernard de dîner dans du pyrex. L'autre achève de fatiguer la salade sans éparpiller sur la table les feuilles rebelles. Satisfaites de leur travail, elles emportent le tout dans la salle à manger et vont chercher Bernard et Michel. Le salon résonne du silence qu'ils n'ont pas su briser. Bernard est plongé dans une lecture faussement concentrée du *Figaro Magazine* et Michel sirote un fond de whisky qui date du temps de son père.

— C'est prêt.

— Très bien, nous arrivons.

Bernard lâche son journal avec empressement, rassuré de retrouver une présence féminine qui, par sa frivolité, saura renouer des liens du sang trop lâches. Michel avale la dernière gorgée du breuvage écossais éventé et tout le monde gagne la salle à manger. Une fois à table, Bernard ouvre le vin pendant que Michel se racle la gorge.

— Il n'y a pas de serviettes ?

— On va peut-être prendre des serviettes en papier, pour un soir..., ose Odile.

— J'ai horreur des serviettes en papier. Qu'est-ce qui nous empêche de prendre le linge de maman ? Fatima s'en occupera demain.

— Elle ne vient pas demain, elle rattrapera quelques jours début septembre pour nous aider à ranger. Mais si tu veux t'occuper de la prévenir...

— Ne fais pas d'histoires, Odile, interrompt Bernard conciliant, si Michel y tient...

— Comme tu voudras.

Avec une mauvaise grâce évidente, Odile se lève pour prendre dans la commode cinq serviettes damassées regorgeant d'amidon. Mais peu rancunière et consciente d'avoir voulu cette dernière cène, elle reprend en s'asseyant à sa place :

— Samedi, j'ai prévenu madame Thomas, et aussi la marchande de boutons et le Cours des halles. Elle m'a touchée, la boulangère ; elle avait l'air vraiment bouleversée. Quand je lui ai appris la mort de maman, elle a écrasé une larme. Elle se souvenait de l'avoir vue si souvent passer le matin, son cabas vide dans une main, la petite Anne-Laure dans l'autre. Maman lui faisait toujours un léger signe de la tête à l'aller et s'arrêtait au retour pour la deuxième fournée. Cet hiver, me disait-elle, elle l'avait trouvée fatiguée, son pas était plus lourd, et elle avait bien remarqué qu'elle ne la voyait plus depuis quelque temps, mais elle était quand même très étonnée de ce que je lui apprenais, elle ne pensait jamais qu'elle ne passerait pas l'été. Je lui ai dit que nous non plus ; c'est vrai, jusqu'à début août, on n'aurait jamais imaginé... Toujours est-il qu'elle avait une peine sincère, un vrai chagrin de boulangère, mais madame Châtelard était là, qui réclamait sa baguette pas trop cuite. En tout cas, ils sont tous venus, ce matin, les commerçants de la rue de Montreuil...

— Avez-vous remarqué qu'il y avait même monsieur Chauchard, l'adjoint au maire ? avance timidement Isaure, sans cacher l'effet que lui avait causé la présence d'une huile républicaine.

— C'était la moindre des choses ; maman le connaissait très bien, il a vécu longtemps en face, au 31, répond Michel peu enclin, lui, à se laisser impressionner.

— J'ai vu aussi tous les cousins Puech, ajoute Bernard. Enfin, tous ceux qui sont encore vivants... Ils étaient une tripotée, neuf je crois ; pour papa, c'était la famille lapin. Il n'en reste plus que cinq aujourd'hui, et ils étaient tous là.

— Entre autres, celui qui est si laid, que maman appelait la bouteille de Saint-Galmier, à cause de ses épaules tombantes. Et encore, s'il n'avait que les épaules qui tombaient, mais il a aussi la paupière droite ! Je ne peux pas le regarder en face, ce n'est pas bien, je le sais, mais c'est au-dessus de mes forces...

La table sourit à l'évocation de la laideur issue de germaine, à l'exception de Michel, trop heureux de pouvoir s'offusquer du manque de charité de sa sœur, si sensible aux apparences :

— C'est facile de se moquer. N'empêche que ce garçon a fait l'X, et qu'il est extrêmement cultivé. Il a une conversation passionnante, peut-être un peu compliquée pour qui a perdu l'habitude de réfléchir...

Catherine jette un regard affolé vers Odile qui n'a pas manqué de prendre pour elle la réflexion de son frère.

— En tout cas, tu aurais mieux fait de l'épouser

car il t'a fait une cour assidue, souviens-toi ; ça n'aurait pas été un mariage idiot, permets-moi de te dire. Non seulement il est intelligent mais c'est un Puech de Manas, achève cruellement Michel, toujours taquiné par un complexe aristocratique capable d'abolir toute disgrâce physique.

— Je t'en prie, Michel, ne commence pas à taquiner ta sœur, implore Catherine avec un sourire contraint qui veut donner une apparente légèreté à l'hostilité qui se réveille. Si elle avait dû épouser tous les soupirants qu'on lui a connus...

— Le résultat, aujourd'hui, c'est qu'elle est restée vieille fille, reprend-il d'un ton aigre. Elle aurait peut-être dû être moins difficile...

— Quelqu'un a-t-il pensé à prévenir les Kerlain, à la Galerie Montansier ? — Car s'il y a un endroit où maman passait sa vie, c'est bien là. Combien de fixés, de carafons en cristal, de morceaux de bois doré elle a pu leur acheter ! — Je ne crois pas les avoir aperçus à la messe et ça m'étonne qu'ils ne soient pas venus, rebondit Bernard, toujours mal à l'aise dès que la tension monte.

— Bien sûr qu'ils étaient là, j'y étais passée samedi après-midi, répond une Odile blessée mais feignant d'ignorer la dernière remarque désobligeante de Michel ; j'ai fait d'ailleurs ce que je faisais si souvent avec maman. J'ai descendu la rue de la Paroisse, me suis arrêtée à la Galerie — encore une qui était étonnée d'ailleurs, Emmanuelle ; pour tout le monde, maman, c'était l'éternité sur pattes —, ensuite, je suis allée m'asseoir sur un des bancs de pierre du bassin de Neptune. Quand il faisait bon, nous en faisions toujours le tour avec maman avant de nous asseoir au soleil. On regardait les gamins dévaler le talus en roulant pour aller s'écraser le nez dans le sable. Ils se relevaient tachés, couverts de poussière, dégoulinants de sueur. A chaque descente, maman me serrait le bras, persuadée que l'un d'entre eux, emporté par sa course, terminerait dans le bassin. Mais non, il y a un bon Dieu pour les enfants, disait papa... J'avais là, avant que nous ne reprenions la rue de la Paroisse chassées par l'humidité du parc, des moments d'une rare intimité avec maman. Elle n'a jamais beaucoup parlé d'elle mais dans la douceur de ces fins d'après-midi d'automne, elle se laissait aller à quelques réminiscences d'un passé méconnu...

La vengeance a beau être enfantine, elle fait mouche et Michel pique du nez dans son assiette, épié par Catherine, inquiète de ses réactions. Bernard vient de laisser échapper un de ces tics hérités de son père : il claque la langue et son épaule droite sursaute. Il est perdu et ne sait plus comment juguler la fébrilité agressive de la fratrie. Sa question était insignifiante et il ne pouvait imaginer qu'elle servirait de prétexte à Odile pour allumer un contre-feu. Il redoute que l'animosité déjà palpable ne débouche sur une vraie guerre ouverte. Il se mord les doigts d'avoir suggéré ce dîner en commun ; il aurait été tellement plus tranquille en tête à tête avec Isaure. Ils auraient dîné en vitesse, d'une soupette et d'un yaourt, avant de jeter un œil aux nouvelles. Ensuite, il aurait peut-être lu une page ou deux, mais il se serait sûrement endormi très tôt. Au lieu de cela, comme chaque fois, il s'est laissé guider par sa propre indulgence paresseuse, espérant réconcilier des rancœurs inutiles en oubliant que Michel, lui, ne pardonne rien, ne renonce jamais. Pour faire diversion, Isaure passe le saladier à Odile.

— Un peu de salade, Odile ?

— Merci Isaure, avec plaisir, répond Odile un peu ragaillardie par sa dernière offensive.

Elle s'apprête même à demander le plateau en cuivre de la cuisine mais elle est retenue par la mine renfrognée de Michel qui pétrit une bille de mie depuis quelques minutes et par l'air égaré de Bernard qui se bat avec le couvercle du bocal de cornichons comme si sa vie en dépendait. C'est finalement Catherine qui rompt la glace en train de prendre.

— As-tu reçu, Bernard, quelque chose de ma mère ? Elle était tellement désolée de ne pouvoir venir à la messe, mais tu sais sûrement qu'elle ne se déplace plus. Alors, elle m'avait dit qu'elle te mettrait un petit mot...

— Tout à fait, répond Bernard plein d'une reconnaissance soulagée pour cette belle-sœur un peu excentrique qui est souvent la seule à savoir rendre volatile l'inimitié Malcuy. Elle nous a envoyé une lettre très gentille, très sensible, évoquant de touchants souvenirs de maman.

— Tu l'as apportée ? demande Michel, laissant percer dans la brusquerie de sa question l'exaspération provoquée par l'allusion d'Odile à une complicité inimaginable avec leur mère.

— Non, je n'y ai pas pensé ; elle est à la maison, si tu veux la lire...

— Peut-être passerai-je dans la semaine... De toute façon, il y aura sûrement des tas de papiers à signer. Mais tu aurais pu te douter que cela m'intéresserait de lire le message de condoléances de ma belle-mère !

— C'est sûr, Michel, mais tu comprends bien que je n'ai pas reçu que cela et, au contraire, j'ai préféré tout regrouper dans une grande chemise pour qu'Odile et toi, vous puissiez tout lire...

— Je vois, tu as monté un petit dossier, en bon assureur... Il se trouve que moi, j'aurais aimé lire cette lettre alors que je me moque des formules convenues de tous ces cousins languedociens qui auront pris la plume pour l'occasion...

— Tu liras ce que tu voudras ; tout est à ta disposition.

Odile sent bien que le moment n'est pas venu mais elle sait aussi qu'il ne viendra plus. Or, elle y tient à ce plateau, tout en sachant que pour oser l'emporter ce soir, il lui faut la bénédiction de ses frères. Alors, elle se lance, les mains un peu moites, la bouche un peu sèche :

— Il y a une chose que j'aimerais vous demander. Si ça ne vous ennuie pas, je souhaiterais prendre le petit plateau en cuivre de la cuisine sur lequel maman servait le thé quand je passais la voir dans la semaine...

— Le plateau de la cuisine ? s'exclame Bernard éberlué, mais il n'a aucune valeur ! Si tu as besoin d'un plateau, prends plutôt celui qui vient de mamie, tu vois ce que je veux dire, le plateau en tôle peinte rouge, celui qui a un très joli bouquet. Il est un peu abîmé mais il est ancien. Il doit être Directoire, si je ne me trompe...

— Je te remercie, mais tu ne m'as pas comprise. Ce n'est pas pour sa valeur que je voudrais le petit plateau de la cuisine, mais parce que tous les jours, vers quatre heures, maman y avait installé deux tasses en sachant que je n'allais pas tarder, et ça me ferait plaisir de continuer à m'en servir, en souvenir de ces petites tasses d'intimité, sans mauvais jeu de mots.

Odile se détend un peu de voir que seul Bernard réagit. Elle ne craint pas ce frère aîné, un brin couard mais pas méchant. Cependant, elle s'est réjouie trop vite et elle observe Michel en face d'elle déplier son buste longiligne jusqu'ici en retrait, voûté contre son dossier, pour pointer un menton jaloux et serrer une main rétentrice.

— Ne l'emporte peut-être pas tout de suite, démarre-t-il doucement. Je crois que nous aurions tort de nous précipiter pour vider la maison. C'est vrai que ce qui est un souvenir pour l'un ne le sera pas forcément pour l'autre, mais on peut aussi imaginer que des objets insignifiants comme ce plateau soient chargés pour nous trois d'un lourd pouvoir évocateur. Tu vois, je me demande si, dans le fond, je n'y suis pas très attaché, moi aussi, à ce petit plateau... Je suis venu moins régulièrement que toi passer un moment dans ce salon à l'heure où maman aimait à prendre sa petite tasse d'eau chaude, c'est vrai. Mais la rareté de l'occasion donnait à nos rencontres une plus grande intensité. Elle se tenait dans sa bergère, je nous allumais un bon feu avant de m'installer dans le dossier plat à côté d'elle. Là, comme à confesse, elle m'écoutait dévider lentement mes interrogations, mes soucis, mes espoirs... Elle intervenait d'un mot, d'un geste ou d'un soupir qui suffisaient à me dire qu'elle les partageait...

— C'est sûr, vous étiez si proches, ta mère et toi, commente Catherine.

Odile sait désormais qu'elle peut renoncer au plateau et, avec lui, à ce mirage d'intimité qu'elle avait cru apercevoir dans ces après-midi féminins. Quant à Bernard, il voudrait fondre sur Michel comme lorsque celui-ci, enfant, le fixait narquois depuis les bras de sa mère, mais il se contente de hausser l'épaule droite. Michel s'apprête à tirer avantage de sa victoire passagère :

— Puisqu'on en est déjà à la distribution, je me demande si ce ne serait pas une bonne idée de donner à Anne-Laure l'aigue-marine de maman. Elles étaient tellement liées... C'est une bague de famille, elle venait de la grand-mère La Fresnaye. Du jour où maman en a hérité, elle ne l'a plus quittée, elle la portait tous les jours. Elle avait vendu sa bague de fiançailles pour renflouer Montpeyroux et elle l'a remplacée à l'annulaire par la bague de sa mère, à côté de sa chevalière de jeune fille. Voilà des souvenirs qu'elle n'aurait jamais bradés... Et puis, comme ça, en pleine déroute, elle gardait une main aristocratique... C'était tout maman, ça : faire façade, faire façade à tout prix, même en faisant faillite. Toujours est-il que j'ai songé avant-hier que cette aigue-marine pourrait bien revenir à Anne-Laure que maman aimait comme sa fille...

— Je m'excuse, Michel, rétorque Odile, mais si maman aimait ta fille comme la sienne, elle n'en a pas moins eu une aussi, et je pense justement que c'est à elle de porter ce souvenir transmis par les femmes. Il sera toujours temps pour toi, quand je mourrai, de le récupérer pour Anne-Laure. Je ne serai pas longue, rassure-toi, j'aurai la délicatesse de ne pas t'encombrer trop longtemps d'une présence que tu n'as jamais supportée, mais, en attendant, il faudra te résoudre à avoir une sœur.

— Je suis obligé de donner raison à Odile, renchérit Bernard contraint de reconnaître l'abus jaloux de Michel. Il est normal que cette bague lui revienne. Cela dit, tu n'as pas tort, Anne-Laure mérite bien de conserver un souvenir personnel de maman, mais on peut lui trouver autre chose : le sautoir en or ou le pavé de la cousine Amélie, par exemple...

— Qu'est-ce que tu appelles le pavé de la cousine Amélie ? interroge Catherine qui est toute prête à favoriser sa fille mais qui voudrait tout de même se voir attribuer aussi un bijou de valeur.

— Tu vois le pavé bleu-blanc-rouge que maman portait de temps en temps. Il appartenait à sa cousine Amélie de la Bellonière, fiancée pendant la guerre à un type qui n'est jamais revenu, comme tant d'autres. Les deux cousines étaient très proches, elles avaient à peu près le même âge et surtout elles avaient vécu la guerre ensemble, raconte Bernard, rassuré de pouvoir se réfugier dans le passé, le temps de calmer les tiraillements présents. Ensuite, elle ont toujours continué à se voir, malgré des vies très différentes. La cousine Amélie est devenue institutrice et ne s'est jamais mariée. Elle venait souvent à la maison et passait même une partie de l'été à Clarou ; papa l'aimait beaucoup aussi et la recevait avec plaisir. Dieu sait pourtant si les La Fresnaye avaient le don de l'énerver ! Mais cette cousine courageusement endeuillée, il l'aimait bien. Maman aussi. Cela dit, je suis presque certain qu'elle a surtout porté cette bague en souvenir de son frère, plus qu'en mémoire de sa cousine. Elle aussi, d'une certaine manière, elle portait le deuil d'un amour fauché...

— Oui, le pavé de la cousine Amélie, c'est une bonne idée, concède Michel qui sent bien que la bataille est perdue, qu'il vaut mieux battre en retraite pour contre-attaquer plus sûrement ensuite.

Odile, rassérénée que son frère aîné soit enfin venu à sa rescousse et, finalement, pas mécontente d'échanger le plateau contre l'aigue-marine, se fait un peu oublier. Isaure et Catherine, bien qu'accoutumées à l'hostilité Malcuy, ne semblent pas s'y faire. Isaure, raide sur sa chaise, n'a de cesse de faire tourner les plats et remplir les assiettes, estimant qu'on ne parle pas la bouche pleine et que c'est toujours du temps de gagné. Catherine redoute toujours les silences que Michel occupe à nourrir ses rancœurs et s'exténue à faire rebondir la conversation.

— Es-tu contente, Odile, de ton lot ? Ta mère t'a laissé — me semble-t-il, bien que je ne sois pas experte — de très jolies choses.

— Très honnêtement, je me moque de tout ça, des consoles et du reste. “ Avoir une maison commode, propre et belle ", disait Plantin, voilà tout ce qui importe. Je ne te dis pas que je ne serai pas contente de mettre tout cela chez moi, mais ça ne me rendra pas maman.

— Ça ne te rendra peut-être pas maman, mais tu n'es pas prête pour autant à tout redistribuer à tes neveux et nièces, *confer* l'épisode de l'aigue-marine, décoche Michel.

— C'est sûr ; il y a des choses qui sont maman pour moi et celles-là j'y tiens, répond Odile obstinément calme malgré ses yeux embués.

— Quel bel attachement, persifle Michel qui cherche par tous les moyens à multiplier les crispations. Dommage que maman n'ait pas pu en profiter dans ses derniers instants...

— Michel... tu ne peux pas reprocher à ta sœur de ne pas s'être occupée de sa mère, corrige Catherine, comprenant qu'elle est la seule à pouvoir répliquer à son mari. Ce n'est tout de même pas sa faute si elle n'a pas senti jeudi qu'elle s'éteindrait dans la nuit. Il fallait bien qu'elle dorme un peu, et encore dis-toi qu'elle aurait pu rentrer chez elle ; au moins, elle était dans la maison.

Odile ne cherche plus à cacher les deux larmes silencieuses qui glissent le long de ses joues, sans savoir ce qui est pire, de la réflexion de son frère ou de la réparation de sa belle-sœur, de la malchance ou du manque d'intuition. Elle s'en voudra toujours de ses quelques heures de sommeil malvenues. Elle aura tout le temps de dormir maintenant. Joli réconfort que de savoir qu'elle était dans la maison quand sa mère a agonisé toute seule dans sa chambre. Elle gardait le mince espoir que celle-ci ne s'était rendu compte de rien, qu'elle ne s'était pas réveillée, qu'elle était partie dans son sommeil. C'est ce que voulait croire Bernard, qui avait trouvé les traits de la morte si détendus. Mais elle n'en saurait jamais rien et l'angoisse qu'elle avait sentie chez sa mère durant les quelques jours qui avaient précédé sa mort n'était pas faite pour la rassurer.

— Il va falloir vider le secrétaire de sa chambre, se reprend Bernard, ébranlé par la douleur de sa sœur, mais bien décidé à ne pas entrer dans le jeu de leur frère. Il y a sûrement là-dedans tout un tas de papiers, de photos et de souvenirs que nous allons devoir trier.

— Maman n'était pas très conservatrice, rectifie Odile, profitant de l'aubaine que lui offre Bernard de se ressaisir et de ne pas laisser l'avantage à Michel. Ce sera vite fait.

— Que va-t-on bien pouvoir trouver ? interroge Michel avec plus de mystère que de curiosité.

— L'acte de vente de Clarou par exemple... riposte Bernard, non sans fierté d'avoir trouvé comment toucher, même modestement, le cœur du frère cruel.

— Oui, avec les papiers de la maison, des cartes postales d'été, nos diplômes du bachot, rien de bien palpitant, poursuit Odile sans percevoir ni l'air mystérieux de Michel ni le ton victorieux de Bernard.

— Qu'en sais-tu ? Il traîne peut-être quelques vieilles lettres, rajoute Michel sans se laisser décourager.

— Quelques lettres de toi, sans doute, quand tu étais chez les Pères, consent Odile. Tu n'auras qu'à les récupérer. Papa n'écrivait pas, même quand il était à Montpeyroux pour ses chantiers. Quant à Bernard et moi, nous n'étions pas si souvent éloignés d'elle que...

— Je ne parle pas de la famille, ça n'a pas grand intérêt, interrompt Michel avant d'entendre à nouveau la proximité que sa mère entretenait avec son frère et sa sœur.

— Je doute qu'elle ait gardé les lettres de ses amis, tous morts depuis longtemps. Elle n'était suffisamment liée avec personne, réplique Bernard dubitatif.

— C'est là que tu te trompes peut-être, reprend Michel qu'une idée précise semble hanter.

— Franchement, je ne vois pas de qui elle aurait pu vouloir conserver les traces d'affection. Depuis la mort de papa, à part ses partenaires de bridge et deux ou trois rombières de la Vie Montante, elle ne voyait plus personne.

— Mais maman n'a pas toujours été une vieille dame, tu sembles l'oublier... Remarque, c'est sûr, elle t'a eue si tard, tu ne peux avoir d'elle qu'une image très incomplète.

— Parce que tu crois que l'image que tu en as est plus juste...

— Ne t'y mets pas, Odile, s'il te plaît, et toi, Michel, ne recommence pas, ça va bien comme ça, ose pour une fois Bernard, que l'exaspération commence à chatouiller plus que la lâcheté. Ecoute, tu pourras toujours regarder si ça t'amuse. Moi, je doute que tu trouves des lettres de qui que ce soit...

— Des Derruau, peut-être... tente Michel avec une timidité aussi soudaine que malicieuse.

— Des Derruau ? Alors là, je serais bien étonné. Ils avaient été très liés mais ça faisait une éternité qu'ils ne se croisaient plus qu'à Clarou de temps en temps. Même avant la mort de Derruau, ils ne se voyaient déjà quasiment plus depuis... depuis ta naissance au moins.

— Et ça ne t'a jamais étonné ?

— Que veux-tu dire ? Non, ça ne m'a jamais étonné. Derruau avait fait fortune, il s'est mis à fréquenter d'autres gens, c'est tout.

— Tu es d'une naïveté parfois, mon pauvre Bernard. Ça me sidère...

— Et toi, tellement compliqué !... C'est peu de le dire.

Michel ne répond pas, convaincu que son air inspiré donnera l'éveil. Effectivement, Odile, qui a laissé ses deux frères soutenir l'échange pour reprendre des forces après les dernières volées du cadet, ne cache pas les signes d'une curiosité attisée. Bernard veut résister à la tentation mais ne souhaite rien plus que l'intervention d'une Catherine avide de potins sans importance, de discussions sans enjeu, craignant toutefois que la correspondance évoquée par Michel ne recèle quelque secret plus dangereux que le silence. Etonnamment d'ailleurs, sa belle-sœur ne manifeste aucun désir d'en savoir plus. Au contraire, elle s'est empressée de débarrasser le plat de gigot et le saladier pour aller chercher cantal et raisin muscat. Sa sortie met dans l'embarras tous les autres, qui n'osent laisser apparaître leur intérêt, mais il semble que, pour une fois, leur embarras lui pèse moins que le sien. Aux allusions de Michel, elle a blêmi, cherchant du regard son mari, comme pour lui intimer de se taire, et sentant son emprise impuissante, elle a fui dans la cuisine. Après tout, qu'ils se débrouillent entre Malcuy .. Isaure n'a eu à forcer que très légèrement sa nature pour se fondre dans une transparence bien élevée ; si elle doit être le seul témoin de révélations fraternelles, que sa belle-famille soit bien assurée qu'elle n'aura rien entendu. Les pas de Catherine revenant vers la salle à manger ont toute la grandiloquence des trois coups théâtraux, et toute penaude elle entre à nouveau sur scène, persuadée que le drame n'attend qu'elle pour se jouer. Elle connaît son mari et sait qu'en sortant elle n'aura accordé qu'un court répit à l'auditoire car Michel, acteur cabotin, aura voulu avoir tout son public pour jouer sa tragédie bourgeoise.

— Je suis presque sûr que nous allons trouver des lettres de Fernand Derruau. C'était l'amant de maman, et très certainement mon père, déclame-t-il solennellement.

— Qu'est-ce que tu dis ? Comment tu le sais ? répond Bernard troublé par le ton catégorique de Michel qui vient confirmer un vieux soupçon : son frère, seul, a recueilli les confidences de sa mère.

— Qu'est-ce que c'est que cette histoire ? Comment peux-tu dire des choses pareilles ? C'est ridicule, se révolte Odile.

— Je sais parfaitement ce que je dis, poursuit Michel qui, voyant dans le doute de l'un et dans l'indignation de l'autre l'impact de ses rêves sur la réalité et la confirmation de son scénario, s'apprête à le tester jusqu'au bout. C'est très clair. La vie de nos parents a brutalement changé du tout au tout du jour où maman a été enceinte de moi.

— Elle savait ce qui l'attendait ! ironise Odile.

— Evidemment, papa a repris Montpeyroux et on s'est retrouvés sans le sou à habiter Versailles, conteste Bernard.

— D'accord, mais ça n'explique pas le froid soudain entre les Derruau et les parents, poursuit Michel imperturbable.

— Si, je te l'ai déjà dit. Je comprends ça très bien, moi. Ils n'avaient plus du tout les mêmes moyens, papa ne pouvait pas suivre Derruau et ne s'est pas vu jouer les pique-assiettes. C'est tout...

— C'est tout à son honneur, surtout. Mais tu oublies que papa et maman ont commencé à ce moment-là aussi à faire chambre à part.

— Ce n'est un mystère pour personne que maman n'était pas emballée par la décision prise par papa de laisser tomber la CGA et d'aller se couler dans les ciments de Montpeyroux. Qu'il y ait eu des tensions dans le couple à l'époque, c'est sûr. De là à imaginer je ne sais quel adultère... car il s'agit bien de cela.

— Mais enfin, vous êtes malades. Est-ce que vous vous rendez compte que c'est de maman que vous parlez comme ça ? Je n'en reviens pas, lâche Odile, furieuse.

— Oh ! Odile, je t'en prie, ne joue pas les vierges effarouchées. Je vous dis, moi, que lorsque maman est tombée enceinte de moi, elle était la maîtresse de Derruau. Ça faisait plus de dix ans qu'elle était mariée avec papa et, pendant tout ce temps-là, ils n'ont cessé de voir les Derruau, de partager leurs vacances, leurs soirées et le reste avec eux... Fernand était même le parrain de Bernard ; ils étaient vraiment très intimes. Pourquoi voulez-vous que du jour au lendemain, parce que André décide de reprendre Montpeyroux, parce que l'un fait fortune et l'autre faillite, ils décident de ne plus se voir ? L'amitié qui les liait, s'il ne s'agit que de cela, devait les placer au-dessus d'une rivalité financière et sociale, non ? Sauf si à cela s'est ajoutée une concurrence amoureuse...

— Je ne te permets pas, Michel, interrompt Odile toujours plus indignée et, se tournant vers ses belles-sœurs, elle ajoute : ma pauvre Catherine, mon frère est fou.

— Laisse-moi terminer, s'il te plaît. Comment expliquez-vous que maman, jeune femme brillante, raffolant de la vie mondaine qu'elle menait depuis dix ans, cesse brutalement de sortir et de recevoir ?

— Problème d'argent encore ; combien de fois faudra-t-il te le dire ? reprend avec patience Bernard. Et puis, tu oublies un peu vite que, deux ans avant toi, je suis né et maman, qui était une femme de devoir, a sans doute estimé qu'une mère de famille ne devait plus s'étourdir dans des réceptions futiles, qu'elle devait changer une conduite qui, à mon sens, n'avait rien de bien répréhensible mais qui pouvait donner lieu à des commérages malintentionnés. Elle ne voulait pas nous donner l'image d'une mère frivole, voilà tout. Ça lui correspond tout à fait...

— Je ne comprends même pas que tu discutes, Bernard, comme s'il était nécessaire de blanchir ou de justifier maman. C'est absurde, un point c'est tout, et les élucubrations de Michel l'amusent peut-être mais elles ne l'aideront pas à supporter le départ de maman, ponctue Odile, rétive à donner le moindre soupçon de réalité au scénario extravagant de son frère.

Isaure et Catherine, débordées par le tour que prend la conversation des Malcuy, se lèvent pour desservir. La première est persuadée que son mari doit souffrir d'entendre déballer l'intimité hypothétiquement coupable de sa mère devant des oreilles étrangères, quand bien même celles-ci partagent sa vie depuis quarante ans. La seconde, au contraire, est consciente que son mari à elle se délecte de jeter le trouble chez ses frère et sœur, que plus rien ne l'arrêtera, et sûrement pas ses tentatives malhabiles de diversion.

— Sans compter, reprend Bernard lancé, que Derruau ne partageait absolument pas les convictions politiques de papa et qu'il n'a jamais caché sa réprobation quand papa a suivi La Rocque.

— C'est sûr qu'il n'y avait qu'André pour se laisser embarquer par une extrême droite sans courage, incapable de prendre le pouvoir. C'est bien joli de prôner l'autorité, mais encore faut-il savoir la manier, et s'y opposer. Etre sur le point d'investir le Palais-Bourbon en 34 pour finir aux bottes des boches en 40, quel parcours !

— Quelle vision simpliste ! Tu n'as jamais rien compris à la politique, pas plus qu'à ton père et à ses engagements, gronde Bernard.

— Certes, je n'ai pas lu tous les livres que tu as su dénicher pour essayer de justifier la conduite de collabo de ton père... Mais tu pourras lire tout ce que tu voudras, les Croix-de-Feu, ça restera toujours les Croix-de-Feu, un ramassis d'officiers maurrassiens, attaque Michel.

— Ça suffit, Michel, tu n'y connais rien, mais tu dois bien savoir une chose, c'est que le PSF voulait foutre les Allemands dehors et que papa, comme La Rocque, n'a jamais été collabo, conclut Bernard, intraitable sur les opinions politiques de son père.

— Il n'a jamais été résistant non plus, insiste Michel.

— C'est insupportable, Michel. Un peu de décence tout de même... Tu ne vas pas salir maintenant la mémoire de ton père, après celle de ta mère. Qu'est-ce que tu cherches ? A te convaincre de la chance que tu as de les avoir perdus ? Si tu dois t'en réjouir, tu nous excuseras de ne pas le faire avec toi, lance Odile exaspérée.

Catherine et Isaure sont revenues. Les quelques minutes qu'elles se sont accordées dans la cuisine à remplir le lave-vaisselle leur ont permis de se concerter et de concocter une défense sérieuse contre la montée de l'agressivité familiale. Isaure n'osera pas s'en mêler mais Catherine peut sans doute inciter son mari à revenir à des explications qui, si elles ne sont pas absolument satisfaisantes, sont au moins inoffensives. N'ayant pas assisté aux derniers rebondissements de la conversation, loin d'imaginer qu'après avoir émis des doutes sur la vertu de sa mère Michel n'a pas craint d'envisager la trahison politique de son père, Catherine intervient à contretemps pour détendre l'atmosphère.

— Je crois, tout simplement, que le déménagement à Versailles de vos parents est à l'origine du bouleversement que Michel associe à sa naissance... On sait ce que c'est que de sortir à Paris quand on habite Versailles, et d'ailleurs, nous-mêmes, on ne le fait plus...

— Tu ne me feras pas croire que les vingt kilomètres qui séparent Versailles de Paris étaient un obstacle aux soirées à l'Opéra, à la Comédie-Française ou dans le faubourg Saint-Germain, conteste Michel, reconnaissant à la maladresse de sa femme de lui permettre de revenir sur le sujet qui, dans le fond, lui tient vraiment à cœur, les erreurs politiques de son père lui important moins que les errances sentimentales de sa mère. Et quand bien même André ne pouvait plus offrir la même vie à maman, les portes de leurs amis n'ont pu se fermer aussi soudainement, sauf si on chuchotait sur leur compte.

— Alors là, je suis bien sûr que maman n'a jamais pu être l'objet de la moindre rumeur, s'élève Bernard excédé. Maintenant ça suffit, la coupe est pleine. Comme je comprends papa qui n'en pouvait plus de tes extravagances ! Passe que maman ait eu un amant, que papa ait trahi le pays, mais que tout cela se soit su, là, je dis non ! Tout ça n'a jamais existé que dans ton imagination malade et ça ne doit pas en sortir...

— Qu'en sais-tu ? reprend Michel qui ne se résout pas à abandonner la partie. Mais admettons que rien ne se soit jamais su ; c'est vrai que si de bonnes âmes avaient été au courant d'une aventure entre Fernand et maman, elles ne se seraient certainement pas privées de nous la révéler, une fois adultes. J'imagine bien tante Geneviève ou son imbécile de mari venir me dire : “ Mon petit, il faut que tu saches que ta mère, et patati et patata... ” Bref, même si personne n'en a jamais rien su, papa a peut-être simplement craint que cela finisse par s'apprendre...

— Mais pourquoi veux-tu que papa même l'ait appris ? interroge Bernard qui, voyant que son frère ne renoncera pas, s'impose le calme pour éviter le drame.

— C'est inadmissible, Bernard, s'indigne Odile qui, elle, ne songe nullement à atténuer le désaccord, voilà que Michel t'entraîne à imaginer que papa aurait eu quelque chose à apprendre, à savoir ou à cacher ! Cette discussion n'a aucune raison d'être et elle est indigne de vous et de nous tous, n'est-ce pas Isaure ?

— Maman a confessé sa faute à papa et celui-ci lui a enjoint de se retirer du monde, voilà la vérité, et la seule qui explique leur changement de vie, poursuit Michel sans prendre garde à la dernière intervention d'Odile et sans attendre la réponse de sa belle-sœur. Ils se sont mis à faire chambre à part tout en faisant mine de maintenir une vie en commun. Maman a dû renoncer à Fernand qu'ils n'ont plus vu qu'occasionnellement à Clarou, au milieu d'une foule d'amis anodins, et elle s'est réfugiée dans son rôle de mère chrétienne à bicyclette.

— C'est ignoble ce que tu dis, rétorque encore Odile à court d'arguments.

— Ce n'est pas ignoble, c'est la vie, et maman était un être de chair comme toi et moi. Que je sache, toi aussi, tu t'es bien laissée aller à un écart fâcheux... Je trouve que ça lui donne plutôt du corps, cette faiblesse passagère, ajoute Michel sarcastique.

Odile ne répond plus, stupéfaite que son frère ait eu seulement connaissance de son aventure avec Baquet. Elle est bien certaine de n'en avoir jamais soufflé mot à quiconque, même à leur mère. Tout le monde était au courant qu'ils se fréquentaient, Hector et elle ; de là à savoir qu'ils avaient couché ensemble et qu'elle avait peut-être été enceinte de lui quelques jours... Pour qui la connaissait, c'était impensable ; ça ne pouvait être qu'une intuition géniale de son frère. Décidément, ce Michel était diabolique... Bernard paraît ne pas avoir retenu l'allusion réfutant l'intégrité vertueuse de sa sœur qui, pour lui, est aussi incontestable que celle de l'Immaculée Conception, et poursuit la discussion :

— Très bien, mais tout ça ne nous prouve pas que Derruau soit ton père. Tu peux t'amuser à penser que maman a eu une aventure d'un soir avec lui, ce que j'ai beaucoup de mal à croire, mais, que cette passade ait donné lieu à un enfant, ce serait une coïncidence extraordinaire.

— Je n'ai jamais limité leur relation à une aventure d'un soir. Rien ne dit que ça n'a pas duré... et, de toute manière, nous sommes bien placés pour savoir avec Catherine qu'il suffit d'un coup pour tuer un Russe, comme répétait très justement maman. Je ne comprends qu'ainsi l'intérêt et même l'affection que m'a toujours manifestés Fernand, allant jusqu'à s'occuper de moi quand André m'avait mis chez les Pères.

— Evidemment, tu y étais en même temps que son fils ; il pouvait bien, sachant que nous n'en avions plus les moyens, t'emmener au restaurant quand il venait chercher Jean, riposte facilement Bernard, rassuré de trouver cette fois-ci une parade évidente.

— Eh bien, parlons de Jean justement ; cette amitié qui nous unit, c'est plutôt l'affection de deux frères. Je suis plus proche de lui que je ne le suis de toi ou d'Odile, ajoute perfidement Michel.

— Oh ça, ça ne prouve rien. Il n'est pas indispensable d'être frères, pour bien s'entendre.

— Je me demande même si, avec toi en tout cas, ce ne serait pas plutôt un obstacle insurmontable... suggère Odile.

Et dynamisée par ce trait d'ironie, elle lâche :

— Il y a une chose dont je suis sûre, c'est que toutes ces histoires que tu t'inventes, dans le fond, te font plaisir. C'est tellement plus facile de se croire un autre quand on n'a rien fait de sa vie.

— Tu peux parler, répond Michel comme un enfant boudeur qui sent que la raison va l'emporter sur son caprice.

— C'est facile d'accuser le destin, de le rendre responsable de sa paresse. Mais je pense qu'il faudra bien que tu te résolves à être le fils de ton père, conclut Odile, sûre de remporter l'assaut par cette dernière touche.

— Il ne s'agit pas seulement de cela, vois-tu.

— Il s'agit, au contraire, essentiellement de cela, à mon avis.

Michel semble accuser le coup porté par cette

sœur qu'il a toujours jugée un peu sotte. Bernard estime que cela pourrait bien être le mot de la fin d'une conversation stérile puisque rien ne viendra jamais éclaircir les doutes de son frère. Les deux belles-sœurs s'apprêtent à sauter sur l'occasion pour récupérer chacune le jouteur qui lui appartient et rentrer panser ses blessures, l'une par un silence réparateur, l'autre par une explication salutaire. Odile a l'œil qui brille de chagrin pour le souvenir définitivement terni de sa mère ou de satisfaction pour la dernière pique qui a fait mettre à son frère un genou à terre.

— Je crois que nous devrions y aller, Michel. Nous sommes tous fatigués. Nous allons mettre le lave-vaisselle en route et rentrer, propose Catherine.

— Laisse tout cela, répond Odile, je vais finir. Il faut encore que je ferme là-haut. Et puis, je ne sais pas si je ne vais pas dormir ici cette nuit.

Tout rentre dans l'ordre. Odile reprend son rôle de vestale et protégera désormais les mânes parentales bousculées par Michel. S'il le faut, elle restera dans la maison, espérant que sa présence fera barrage aux doutes malfaisants. Le fils indigne se lève, déçu de ne pas avoir convaincu mais content d'avoir semé le trouble. Il sait que Bernard et Odile vont s'empresser d'oublier ce qu'il vient de leur révéler mais qu'ils garderont de leur mère une image définitivement brouillée. Sans un mot, il saisit le bras de Catherine qui embrasse tout le monde pour deux, espérant atténuer, de son amabilité excessive, la colère étouffée du frère et de la sœur meurtris. Ils sortent, l'un tête haute, l'autre sautillante, et à peine arrivés à la grille, ils manifestent déjà tous les signes d'une discussion inaudible qui risque de se prolonger tard dans la nuit si Michel n'y coupe pas court en se réfugiant dans son bureau avec ses fixés-sous-verre. Bernard referme la porte, apparemment peu décidé à partir aussi vite.

— Vraiment, Michel est devenu fou, reprend aussitôt Odile, encore échauffée par la conversation. Qu'est-ce qui lui prend tout à coup ? Comme si maman avait pu une fois seulement dans sa vie tromper papa !...

— Je trouve ça insupportable, moi aussi, mais ça ne m'étonne pas de lui. Il a toujours été comme ça, à construire des chimères monstrueuses. Je me souviens de certains soirs où, papa et maman sortis, il se redressait dans son lit après avoir éteint pour me raconter, déjà à l'époque, que nos parents n'étaient pas nos parents. C'est pour ça, expliquait-il, qu'ils ne nous montraient aucune affection. C'était, selon lui, des sosies que nos vrais parents avaient mis à leur place pour pouvoir s'échapper. J'avais beau rire et lui dire qu'il délirait, il se fâchait et me répondait que je pouvais toujours me moquer, lui, il les attendrait, nos vrais parents, qu'un jour ils reviendraient et que maman le serrerait très fort, lui caresserait les cheveux et ne le quitterait plus. Je m'endormais quand il était encore assis, à attendre. Et vois : il attend toujours...

— C'est triste finalement, commente Isaure. Il doit être tellement malheureux.

— Il est peut-être très malheureux mais ça ne l'autorise pas à salir la mémoire de nos parents, réplique Odile, peu prête à l'indulgence. Il a toujours fait souffrir tout le monde. Papa ne pouvait plus le supporter, maman s'évertuait constamment à excuser ses faiblesses et à réparer ses bêtises. Moi, il m'a toujours prise pour une idiote. Toi, il n'a eu de cesse de te faire tourner en bourrique. On ne va pas se laisser éternellement marcher sur les pieds par ce caractériel ! Tant que maman était là, il fallait faire attention, elle aurait eu tellement de peine qu'on se dispute et qu'il soit mis à l'écart. Maintenant, ça va bien ! Moi, je refuse de continuer à supporter son petit jeu. Je ne veux plus avoir affaire à lui.

— Ne sois pas si dure, tente Bernard. En souvenir de maman justement, essayons de rester dignes. Quel effet cela ferait si la famille se brouillait !

— Tu es bien gentil, mais si c'est pour avoir, chaque fois qu'on se voit, ce genre de sorties sur les amants de ma mère ou les trahisons de mon père, je ne vois pas pourquoi je m'obligerais à voir ce fou furieux !

— Si ce n'est que pour nos enfants, fais un effort... insiste Isaure, venant à la rescousse de son mari qu'elle saurait profondément blessé par une rupture familiale, plus encore que par un secret incertain.

— Vos enfants, ils sont grands. Ce n'est pas la peine d'en faire une affaire d'Etat. Un jour, ils verront leur oncle et le lendemain, leur tante. Je ne pense pas que ça les traumatisera.

— Sois un peu raisonnable, Odile ! Je ne te comprends pas, toi qui es d'habitude si modérée. Comment peux-tu prendre au sérieux le délire de

Michel qui ne sait pas comment exprimer son chagrin si ce n'est en emmerdant les autres ? lâche Bernard.

C'est pour cela qu'il avait voulu rester après le départ de son frère. Il avait compris qu'Odile était remontée comme une pendule et il fallait l'arrêter avant que des sentences définitives ne soient prononcées. Quelle journée, il s'en souviendrait ! Il se serait bien passé des élucubrations de Michel et, maintenant, il allait falloir convaincre Odile de jeter l'éponge. C'était méchant ce qu'avait dit son frère ce soir, soit, mais surtout c'était tellement con ! Qui pouvait croire une chose pareille de leur mère ?

— Ce n'est pas la peine d'en faire tout un plat, je t'assure, reprend-il. Demain, Michel aura même oublié tout ce qu'il a dit ce soir. Tu sais comme il est, tu le connais aussi bien que moi, il adore provoquer...

— D'accord mais, aujourd'hui, c'était différent. Je suis certaine qu'il croit à ce qu'il dit.

— Et alors ? Il peut bien croire ce qu'il veut, ça n'en est pas vrai pour autant. Au contraire, tu vas donner de l'importance à ses histoires si tu en fais le prétexte pour ne plus le voir, essaie Bernard.

Curieusement, l'argument qu'il jugeait facile et qu'il servait en désespoir de cause semble faire mouche. Odile se laisse tomber dans la bergère de leur mère et ne répond pas. Isaure, dans l'ombre de son mari, poursuit :

— C'est vrai ce que dit Bernard. C'est comme pour mon frère, regarde. Dieu sait si on en a entendu ! Tout a été dit, même le pire. Michel était le premier, d'ailleurs, à ironiser sur l'homosexualité d'Aymar. On aurait pu décider de ne plus le voir, pour les enfants, pour les amis. Car il faut bien reconnaître qu'un frère homosexuel, dans nos milieux, ce n'est pas évident... Je dois dire que j'ai été troublée, moi, à un moment ; pas loin de croire à ce qu'on ne cessait de nous laisser entendre, j'étais prête à ne plus le voir. Mais je dois reconnaître aussi que Bernard a été extraordinaire, qu'il a très bien réagi et c'est lui qui m'a raisonnée. Après tout, on ne sait absolument rien de la vie d'Aymar et les mauvaises langues ont vite fait de cataloguer les célibataires... On n'en a jamais parlé avec lui — ça aurait été affreusement gênant d'ailleurs —, et c'est beaucoup mieux ainsi. On a continué de le recevoir comme si de rien n'était, et j'espère bien qu'un jour, il nous amènera une jolie petite femme et se mariera. Ce serait un tel bonheur pour lui...

Jamais Isaure n'avait autant parlé depuis qu'Odile la connaissait. La première en était tout essoufflée et la seconde soufflée. D'autant que le sujet abordé était toujours resté tabou, Odile n'aurait jamais osé amorcer avec Isaure la moindre conversation hasardeuse sur Aymar dont tout le monde soupçonnait les fredaines aux Tuileries. Elle était reconnaissante à Isaure de la confiance qu'elle lui témoignait en faisant cette simple allusion à ses propres interrogations, même si la situation n'était pas vraiment comparable : Aymar taisait une réalité évidente quand Michel discourait sur une véritable aberration. Cependant, elle estimait à sa juste valeur l'effort de réconciliation et d'apaisement de sa belle-sœur muette et s'en serait voulu d'être elle-même incapable d'en faire autant·

— Vous avez raison, je me suis emportée pour rien. Si je me brouille avec Michel maintenant, on pensera que j'ai à peine attendu que maman soit froide pour régler mes comptes et surtout, on dira que je donne foi à ces histoires qu'il va continuer à colporter — parce que contrairement à toi, Bernard, je pense qu'il est convaincu de ce qu'il raconte —, et que c'est pour cela que je ne veux plus le voir. Alors autant ne pas y faire attention, vous avez raison, ça lui passera avant que ça ne me reprenne !

Bernard, retrouvant la placidité de sa sœur dans l'expression figée de sa clémente indifférence, se relâche dans le dossier plat qu'il fait craquer. Comme à son habitude, il fait mine de l'avancer un peu vers le centre de la pièce mais le regard réprobateur d'Isaure l'arrête à temps. Elle n'est pas mécontente non plus de voir la journée s'achever : elle a toujours craint qu'un jour, chez les Malcuy, les rancœurs l'emportent sur l'éducation. Dieu soit loué, le danger est écarté ! Maintenant que sa belle-mère est partie, les tensions vont s'apaiser et les enjeux disparaître avec elle. Bernard avait eu bien raison de rester et d'éteindre la querelle aujourd'hui car, ensuite, le risque de rupture n'existera plus. Chacun idéalisera sa mère et n'osera plus mettre en péril l'équilibre des souvenirs partagés. Même Michel sera bien content de trouver son frère ou sa sœur pour évoquer les charmes ou les raideurs maternels.

— Je suis très content, Odile, que tu reviennes à des sentiments plus nobles que la colère, ne peut s'empêcher de pontifier un Bernard rasséréné. Allez, après cette grosse journée, je pense que nous avons tous droit à une bonne nuit. Qu'en penses-tu Isaure ?

— Je crois qu'il est temps d'y aller, oui, acquiesce son épouse qui se coule à nouveau avec une urgente modestie dans sa transparence rassurante.

— Je vais dormir ici, je suis fatiguée, dit Odile dont les traits tirés et l'abandon dans la bergère confirment les propos.

— Je te ramène, si tu ne veux pas conduire, propose Bernard, son réflexe de bonne éducation masquant plutôt une pointe de jalousie envers sa sœur, que rien n'oblige à rentrer et à renouer avec la vie qui, désormais, les attend, froide et indifférente après l'émotion occasionnelle des funérailles.

— Je te remercie mais je ne veux pas vous retarder. Je dois monter fermer les volets, vérifier que tout est éteint là-haut. Et puis, je n'ai pas encore défait le lit de la chambre rose dans lequel j'ai dormi tous ces derniers temps...

— Très bien ; alors, nous allons te laisser, répond Bernard en se levant, plus assommé par la fatigue que par l'envie. A demain, nous passerons certainement. C'est encore une lourde journée qui nous attend. Je te rappelle que nous avons rendez-vous avec maître Frachon, tous les trois, pour la maison. Enfin, ça, ça ne devrait pas poser de problèmes. L'essentiel est fait maintenant.

— Oui, le plus dur, c'était de partager ces meubles... renchérit Odile un peu hagarde.

— Viens déjeuner si tu veux, ajoute Isaure qui

sent qu'il faut adoucir le départ et atténuer l'effet de la séparation, pour Bernard comme pour Odile.

— C'est gentil, je viendrai avec plaisir.

Odile referme la porte derrière son frère et sa belle-sœur avec les larmes aux yeux. Elle n'a jamais été très intime avec eux mais, ce soir, ils auraient peut-être pu partager quelque chose. Epuisée, elle donne un tour de clé à la porte d'entrée, jette un œil aux deux portraits d'enfant qui, maintenant, sont devenus les siens, et traverse le hall pour aller mettre le lave-vaisselle en route. Puis, elle passe par la salle à manger plongée dans le noir et encore imprégnée de l'odeur de gigot froid. Elle coince la fenêtre dans l'espagnolette pour la nuit afin que la pièce s'aère. Dans le salon, elle éteint les lampes les unes après les autres et s'arrête un instant à la porte avant de faire de même avec le sévère lustre Directoire. Dernier regard sur une pièce morte qu'ils viendront dépecer demain, sur le guéridon central où ne reste que la poussière qui encadrait les fixés-sous-verre. Elle monte au premier, ferme la fenêtre du palier. Elle hésite devant la porte de sa mère et passe sur la pointe des pieds comme si elle craignait encore de la réveiller. Dans la chambre rose, elle ouvre le lit d'une manière automatique, va se laver les dents dans le petit cabinet de toilette et met sa crème de nuit sans se regarder dans le miroir. Elle retire ses vêtements et les plie soigneusement sur le dossier du fauteuil crapaud. Elle enfile sa chemise de nuit en organdi blanc et ferme les volets. Avant de se coucher, elle semble avoir un nouvel instant d'hésitation puis se résout à gagner la chambre de sa mère. Profitant de la lueur du réverbère de la rue, elle se dirige vers le secrétaire, prend la clé dans la coupe en porcelaine blanche, ouvre directement les portes du bas et plonge la main au fond à droite. Elle en retire une boîte à chaussures fermée par un élastique et ressort de la chambre. Somnambule, elle redescend l'escalier et rejoint l'office où elle jette la boîte dans la grande poubelle presque pleine et ferme le sac qui sera sorti demain. Elle remonte, tire la porte de sa mère restée entrouverte, et va se coucher dans sa chambre de jeune fille envahie par les premiers parfums d'un automne prématuré qui montent du jardin.

*Cet ouvrage a été imprimé par la*
*SOCIÉTÉ NOUVELLE FIRMIN-DIDOT*
*Mesnil-sur-l'Estrée*
*pour le compte des Éditions Plon*
*en juin 2003*

La photocomposition de cet ouvrage
a été réalisée par
GRAPHIC HAINAUT
59163 Condé-sur-l'Escaut

*Imprimé en France*
Dépôt légal : juin 2003
N° d'édition : 13643 - N° d'impression : 64224